Johanna Mäkynen

Lasienkeli

Kustantaja: BoD – Books on Demand, Helsinki, Suomi
Valmistaja: BoD – Books on Demand, Norderstedt, Saksa
ISBN: 978-952-80-0922-1

*"Pitkä hyinen talvi pitää tiukassa
otteessaan
sieluani ja ruumistani,
kunnes vihdoin näin pienen valon
pilkahduksen
keskellä synkän pimeyden - vihdoinkin
jäinen sydämeni sulaa.*

Kevät tekee tuloaan."

1

*L*uonnon äänekäs hiljaisuus piirittää minut, kun istun talomme terassilla ja katselen seesteistä maalaismaisemaa, joka avautuu eteeni. Näen, kuinka luonto on jälleen herännyt eloon pitkän talven jälkeen ja ihmettelen, miten se jaksaa aina uudestaan ja uudestaan virkoa kylmän ja kohtalokkaan vuodenajan riepottelusta huolimatta uuteen kukoistukseensa, vaikka hyinen talvi yrittää tuhota sen kylmillä pakkasilla ja viimoillaan. Keväinen aurinko paistaa hyvinkin lämpimänä korkealla taivaalla ja alkukesän muuttolintujen, pääskyjen kaunis viserrys herättää minut talven pimeästä horroksesta. Iloitsen täysin rinnoin tulevasta kesästä, kun seuraan pienten frakkipukuisten lintujen kirmailua läheisellä niittyaukiolla, ne etsivät pesintäpaikkaa tuleville poikasilleen äänekkäästi sirkuttaen. Välillä korviini kantautuu kuovin kimakka huuto, joka epätoivoisesti etsii läheiseltä pellolta tulevaa elämän kumppaniaan ja jossain kaukana metsän siimeksessä kukkuu käki. Ihanaa kun tulee kesä ja luonto alkaa taas vihertämään, pajun ja koivun oksiin puhkeaa ensimmäisenä hiirenkorvat ja alkukesän kukkivien kasvien joukkoon kuuluvien leskenlehtien kukinnatkin ovat jo hyvällä alulla.

Lähellämme virtaa vuolas joki, jonka pengertä reunustavat haavat, pajut ja koivut. Joen kummallakin puolella ovat viljavat pellot, joissa joutsenien ja kurkien on tapana käyskennellä joka kevät. Niin nytkin äänekkäät ja ylväät linnut ovat palanneet näille pelloille ja niiden huuto ja laulu on korvia huumaavaa. Äänekäs meteli kuuluu jopa talomme sisätiloihin asti. Konsertti oli jo alkanut hyvin varhain aamulla ja oli hyvässä vauhdissa, kun istahdin kahvikuppi kädessäni metallisen ranskalaistyylisen pihakaluston ääreen, johon kuuluu pöytä ja kaksi tuolia. Siemaisen hieman kahvia ruusukoristeisesta kupistani ja mietin, kuinka ihanaa onkaan tämä lämmin toukokuinen tuulahdus, joka hivelee poskeani niin lempeästi.

Nautin kahvini ihan rauhassa, ei ollut kiire enää mihinkään, sillä olin jo saanut osa-aikaeläkepaperit käteeni kuluneen talven aikana. Ainoa kiire, mikä tulee, on pysyä pienen poikani aikataulun mukana. Taksi hakee pojan kotipihalta vielä parina aamuna ja tuo iltapäivällä takaisin kotipihallemme, ennen kesälomaa.

Siinä istuskellessa ja kahvikuppia tyhjentäessäni katselen tiluksiani, jota on jopa kahdentuhannen hehtaarin verran. Viljelysalaa ei ole kovinkaan paljon, mutta riittää omiin tarpeisiimme, tosin enhän minä oikeastaan näitä tiluksia omista vaan mieheni Jani. Oikeastaan en omista mitään, elän vain muiden nurkissa, vieraalla maalla, jossa voin asua, hoitaa taloutta ja poikaamme Anteroa, silloin kun Jani on muualla paikkakunnalla työtehtävissään. Jollain tapaa kuitenkin rakastan maanläheistä miestäni, joka inhoaa kaupunkielämää, metsästää itse lihansa ja elää mieluummin erakkona kuin ihmisten ilmoilla.

Itse olen syntynyt Varsinais-Suomessa. Koko lapsuuteni ja nuoruuteni olen elänyt urbaanissa kaupunkielämässä. Luulin koko pienen lapsuuteni, että elämäni oli onnellista ja ettei mikään muuttuisi enää huonompaan suuntaan. Kuinka väärässä olinkaan silloin. Silloin olin vielä nuori ja naiivi, enkä tiennyt miten yhteiskunta toimii. Silloin joskus uin tosi syvissä vesissä. Ellei nykyinen mieheni Jani olisi pelastanut minua varjon syövereistä, niin en varmaankaan olisi enää elossa. Oman haasteensa tuo myös Antero. Ihana pojanveitikka, päivänsäteeni ja ilo, pieni ahkera koululaiseni, joka on kotona aina kiltti, kuin enkeli. Ei, en voi uskoa sitä, mitä opettaja Wilmassa kirjoittaa, ei kirjoituksessa mainittu henkilö ole minun kahdeksan vuotias poikani, joka kotona tottelee kuuliaisesti kaikessa, mitä pyydän ja neuvon. Ei, en tahdo uskoa, muka poika vain häiritsee ja kiusaa muita oppilaita, ei malta istua hiljaa paikallaan tunnilla, eikä seuraa tunnilla opetusta. Palavereja palaverien perään ja jokaisessa palaverissa joudun olemaan yksin. Joudun yksin kuuntelemaan, kuinka toiset vieraat ihmiset selittävät mikä on parasta Anterolle, minun pienelle enkelilleni. Olen jo kyllästynyt näihin palavereihin ja niin kuin ei riittäisi ne palaverit pelkästään, pitää juosta pojan kanssa yhtenään toisella paikkakunnalla terapiassa. Tämä kaikki touhotus alkoi Anteron ollessa kolmevuotias. Päiväkodissa oltiin huolissaan, kun poika jäi usein omiin maailmoihinsa, leikkii usein mielellään yksin, ei kuullut tai ei suostunut kuuntelemaan, mitä hoitajat pojan pyysivät tekemään ja puheessakin oli ongelmia. Saimme lähetteen Pohjolan Keskus-sairaalan lasten foniatriselle osastolle, siellä todettiin hänellä olevan lievää ylivilkkautta. Tästä alkoi puheterapeuttien ja toimintaterapeuttien hoitojaksot. Olen jo lopen väsynyt noihin terapioihin ja huomannut miten terapiat väsyttävät myös pientä poikaani. Väsymys heijastuu ikävällä tavalla hänen koulumenestyksessään. Toisaalta ymmärrän ja toisaalta säälin opettajia, kun he hikipäissään yrittävät saada taottua jotain opetusta oppilaittensa sieviin päihin, sekä sitä työn määrää minkä he ajastaan käyttävät kotona ja koulussa. Kunnioitan tuota arvokkaan ammatin harjoittajia. Ymmärrän kyllä, että rahkeet eivät jokaisen yksilöllisen oppilaan opettamiseen aina riitä, vaikka nykynormien mukaan pitäisi ottaa jokainen oppilas yksilönä. Tästä syystä vältän Wilmaan kirjautumista, mutta velvollisuus vanhempana pakottaa minut välillä noilla sivuilla käymään, jotta näyttäisin opettajien mielestä vastuuntuntoiselta äidiltä, joka tietenkin olen.

Antero on nykyisen mieheni ja minun ainoa lapsi, meidän yhteinen ainut poikamme. Koska Janin työkohteet ovat aina muualla kuin kotikunnassamme, hän korvaa pojalle poissaolonsa aina viikonloppuisin, tosin reissumiehien viikonloppu alkaa jo torstaina. Sekin tahtoo herättää pojassa suurta levottomuutta. Antero ei sitä tahdo millään hyväksyä, että joutuu lähtemään kouluun perjantaisin, hän haluaisi olla isänsä kanssa koko päivän. Joka perjantai alkaa sellainen aamushow, jossa poika päättää viivytellä tahallaan niin kauan, että tulee jo kiire pukea ulkovaatteet ylleen, jotta ehtisi taksiin. Pojan ikävä isäänsä purkautuu kiukulla, tottelemattomuudella ja itsepäisyydellä, ei pieni poika osaa muulla tavoin ikäväänsä ilmaistakaan.

Minä jään usein pojan ja koiriemme Touhon ja

Kipinän varjoihin. Touho on sekarotuinen uros koira, joka vain touhottaa ja sählää päättömästi. Saa nähdä tuleeko tuosta koirasta ikinä lintukoiraa, kenties tulee, kenties ei. Kipinä on narttukoira, sen mustan puhuva turkki kiiltää auringonvalossa ja valkoiset sirot tassut erottuvat selvästi. Siitä pitäisi tulla hirvikoira, mutta aika näyttää, tuleeko vai ei. Karvaisia perheenjäseniämme hän jaksaa paapoa, jaksaa pitää sylissään ja muutenkin koirien asema tuntuu olevan paremmalla tolalla kuin minun ylipäätänsäkin, tai niin minä ainakin olen viime aikoina tuntenut.

Olen jo alistunut asemaani tässä perheessä, johon en tunne vieläkään oikein kuuluvani. En pysty kilpailemaan olemassa olostani, vaikka olemme olleet jo pitkään pariskunta, ainakin kaksitoista vuotta ja siitä kahdeksan vuotta naimissa. Tiesin kyllä alkuaikoina, että joudun olemaan paljon yksin, mutta toivoin kuitenkin, että saisin huomiota senkin edestä. Eipä kaikki aina mene niin kuin toivoo.

Janin rehti olemus on syy, miksi olen halunnut jäädä hänen rinnalleen ja luvannut papin aamenen ja seurakunnan edessä rakastaa miestäni niin myötämäessä kuin vastoinkäymisissäkin. Olen päättänyt, että tämä ihana mies on minun loppuelämäni viimeinen mies. Jani, ihana turvallinen ritarini.

* * * *

Kännykkä soi. Havahdun ajatuksistani tähän

maailmaan. Katson kännykkäni näyttöä ärtyneen oloisena, en tunnistanut tuota numerosarjaa, kuitenkin päätin vastata tuohon outoon numeroon, vaikkakin se olisi puhelinmyyjä.

- Susanna.
- Lehti- Veikasta hei! Olisiko teillä hetki aikaa? En vastaa, vaan jään kuuntelemaan, mitä lehtimyyjä tällä kertaa kaupittelee.

-Teillehän on aikaisemmin jo tullut tämä Kausi- lehti. Meillä olisi nyt mahtava tarjouskampanja käynnissä, vain tämän viikon. Siihen kampanjaan kuuluu Kausi-lehti ja puutarhasakset kaupanpäälle, hinta vain 19,90 euroa. Tämä kaikki on voimassa vain tämän viikon, kannattaa tarttua tilaisuuteen.

- Ei tällä kertaa kiitos, vastasin.

Myyjä vaihtoi taktiikkaa sitkeästi.

- Mikä teitä mahtaisi kiinnostaa? Meiltä löytyisi myös Kodin Sisustus-lehti, Kukkiva puutarha–lehti ja paljon muutakin esimerkiksi....

- Joo, ei kiitos nyt tällä kertaa. En halua tilata mitään lehteä, kiitos.

- No kiitos hetkestänne ja hyvää päivän jatkoa.

Painoin punaista luurinkuvaa ja ajattelen mielessäni, että on tuossakin oma ammattikuntansa. Työtänsä nuokin puhelinmyyjäraukat tekevät ja varmasti saavat kuunnella kaikenlaista, niin pilkkaa kuin haukkujakin.

Oma menneisyyteni on koulinut minusta ymmärtäväisen ihmisen, en halunnut puhelinmyyjäraukan päivää pilata ilkeillä, pistävillä

11

sanoillani.

Vilkaisin vielä kännykän näyttöä ennen kuin sammutin sen, ei voi olla totta, kello on jo puoli yksitoista. Pian Antero tulee koulusta kotiin, enkä ole vielä ehtinyt välipalaa valmistaa pojalle. Kerään kahvikupin terassin pöydältä ja vielä kädessäni olevan kännykän laitan sinisien löysien kesähousujeni taskuun, jotta kännykkä ei vahingossakaan tipahtaisi terassin lautojen väliin. Aukaisen ulko-oven, jossa on kaunis vanhanaikainen rautakolkutin, jonka keskelle on kauniisti kaiverrettu meidän sukunimemme. Astun ulko-ovesta sataviisikymmentä neliöisen talomme sisään. Eteeni avautuu porstuan jälkeen (johon kenkämme ja ulkovaatteemme jätämme) avara isoeteinen, jota komistavat lattiasta kattoon ja koko seinän levyiset, valkoiset eteisenkaapit. Suurin osa lattiatilasta on laatoitettu isoilla lattialaatoilla, mitkä lämpenevät lattialämmityksellä talvisin. Avaran olohuone/avokeittiön tilanjakajana toimii suuri valkoiseksi rapattu puu-uuni/takka yhdistelmä, jotka talven kylminä päivinä lämmittivät sekä taloa että yksinäistä sieluani. Nythän on loppukevät ja kesä alkamassa, ihanaa, ajattelin mielessäni, ei tarvitse enää kantaa vanhoissa lihalaatikoissa klapeja sisälle kuivumaan ennen kuin niitä pystyi sytyttämään.

Jään katselemaan itseäni, eteisen kaapiston peiliovista. Kuinka aika onkaan koulinut kasvojani. Olin syvästi huojentunut siitä, ettei kasvoillani ollut vielä paljoakaan ryppyjä, olenhan vasta neljäkymmentäkuusi vuotias. Neljäkymmentäkuusi vuotias ja kokenut kaikenlaista, niin hyvää kuin pahaakin elämäni aikana. Enimmäkseen pahaa aikuistumiseni kynnyksellä, siitä on muistona syvä arpi otsani oikealla puoliskolla. Kampaajat aina yrittävät heittää otsahiukseni sen arven peitteeksi, en vain halua heidän tekevän sitä. Vaikkakin vaalea arpi muistuttaa minua kovasta menneisyydestäni, siltikään en halua peitellä sitä, ei, silloinhan eläisin valheessa.

Katselen vielä tovin peilikuvaani, yritän löytää merkkejä siitä seitsemäntoista vuotiaasta tyttösestä, joka innoissaan odotti aikuistumistaan ja itsenäistymistään. En vain löytänyt tuota tyttöä enää. En nähnyt puoleen selkään ylettyviä luonnonkiharaisia ja vaalean kuparinvärisiä hiuksiani. En nähnyt ruskeissa silmissäni sitä elämän intoa ja paloa, mitä tyttösenä koin. Enkä nähnyt laihaa vartaloani, jonka joskus näin katsoessani peiliin.

Näen vain keski-ikäisen naisen, jolla on lyhyt polkkatukka, mustaksi värjätty ja hieman jo yli kasvanut väristä. Lasittunut ja väsynyt katse ja vartalokin pönäkkä, ei kuitenkaan liian lihava, sillä rajoilla.

Lasken kännykän piirongin päälle ja jatkan matkaani kohti keittiötä. Alan valmistaa Anterolle välipalaa.

* * * *

Katson keittiön ikkunasta juuri samaan aikaan,

13

kun mustakeltainen taksikyltein varustettu taksi ajaa pihalle. Tovi kului ennen kuin auton sivuovi aukaistiin ja Antero kömpi ulos autosta.

Kuulen, kuinka ulko-ovi aukaistiin ja kuinka reppu kolahti lattialle osuessaan.
- Äiti, poika on kotona. Kuuluu kauniin heleä ääni eteisestä.
- Tervetuloa, vastasin.
- Tule välipalalle, sinulla on jo varmasti kova nälkä.
- Niin onkin. Antero vastasi ja riensi halaamaan minua.

Olisin halunnut, että poika jäisi siihen syleilyyn pitemmäksikin aikaa, vaan halaus oli pikainen. Halaus kuitenkin lämmitti äidillistä sydäntäni.

Antero istahtaa kartanotyylisen keittiönpöytämme ääreen, omalle paikalleen, joka sijaitsee lähellä kodinhoitohuoneen oviaukkoa. Oviaukossa ei ole ovea, sillä halusin sen olevan yhtenäinen alue keittiömme kanssa. Kaapisto keittiössä ja kodinhoitohuoneessa on arvokkaan tumman tammen sävyistä. Oikeasti kuosi on silmän lumetta, sillä kaapisto on pelkkää vaneria.

Seuraan, kuinka poika ahmii juustovoileivän muutamalla suupalasella ja juo muutamalla kulauksella kaakaon autot- lasistaan. Syötyään välipalansa loppuun Antero, vaaleanruskeahiuksinen ja ruskeasilmäinen poika, lähtee leikkimään omaan huoneeseensa legoilla.

Siivoan astiat suoraan astianpesukoneeseen.

Siivottuani keittiön pikaisesti istahdan olohuoneen nahkasohvalle ja alan tuijottamaan televisiota. Eipä sieltä mitään kummoista ohjelmaa tullut, mutta kulutanpa aikaani.

- Äiti, poika huutaa vähän ajan kuluttua, johon havahdun unenomaisesta haavetilastani.
- Milloin isä tulee kotiin?
- Huomenna, vastaan lyhyesti ja ytimekkäästi.
- Jaa... Antero tyytyy vastaukseeni ja jatkaa leikkejään.

* * * *

Kello lähenee jo puolta kahdeksaa illalla. Katselen seitsemän uutisia ja odotan Janin jokailtaista soittoa. Janin oli tapana soittaa kotiin arki-iltaisin puoli kahdeksalta ja kysyä päivän kuulumiset.

Kännykkä soi. Katson kännykän näyttöä ja hymähdän huvittuneena, sillä en ollut vieläkään muuttanut soittajan nimeä, näytössä luki söpöläinen Janin tilalla. En ollut vaihtanut nimeä, sillä se lempinimi sai minut joka kerta hyvälle tuulelle, kun näin sen kännykkäni näytössä.

- Moi! Vastaan lämpimällä äänensävylläni.
- Mitä sinne kuuluu? Miehekäs basso ääni vastasi iloiseen tervehdykseeni.
- No ei tänne sen kummoisia kuulu, sitä samaa. Antero oli koulussa päivällä ja tuli taksilla reippaasti kotiin. Minä nautiskelin lämpimästä kevättuulosesta ja auringonpaisteesta. Yritin hieman kiusoitella Jania.
- Niinpä tietenkin ja minä, vanha mies saan täällä

15

hikihatussa raataa ja vääntää rautoja. Nauramme kummatkin tuolle leikkisälle lausahdukselle.

- Tuleeko Antero juttelemaan kanssani? Kysyi Jani.

- No, minäpä kysäisen pojalta, vastaan. Antero tulee puhumaan isänsä kanssa. He juttelevat tovin ja puhelun päätteeksi mieheni toivottaa hyvää yötä kummallekin.

Pikkuinen prinssi hieroo silmiään ja halusi vielä iltapalaa ennen kuin menisi nukkumaan. Minä päätän paistaa edellisen päivän letut. Tarjoan lettujen kanssa mansikkahilloa ja valmista kermavaahtoa suoraan pursottimesta. Sen syötyään poika menee nukkumaan omaan parvisänkyynsä, vessatoimien ja hammaspesujen jälkeen. Laulan vielä "tuiki, tuiki tähtösen"- unilauluksi. Sammutan lähtiessäni pojan huoneen kattovalon ennen kuin suljen huoneen oven.

Haen vielä koirat ulkohäkistä, jossa ne viihtyivät koko päivän, mikäs siinä koirien siellä oleskella, kun vettä ja ruokaa vein toistamiseen pitkin päivää. Eipähän ole sotkemassa koko ajan, siistiä kotiamme.

Pian haettuani koirat ulkohäkistä sisälle. Vessa ja iltapesut tehtyäni kömmin pehmeään ja tyhjältä tuntuvaan sänkyymme. Nukahdan tyytyväisenä, sillä pitkä neljä päivää kestävä odotus palkitaan huomenna, kun rakkaani tulee taas työreissultaan kotiin.

2

1989

– *O*letko jo pakannut kaiken tarpeellisen siihen urheilulaukkuusi? Äiti huusi minulle.

– Olen, olen, vastasin hieman närkästyneenä. Olen jo iso tyttö, miksei äiti sitä tahdo nähdä, osaan jo itse huolehtia tarvitsemisistani tavaroistani.

– Lakanat, pyyhe, hammasharja....

– Ja meikit, keskeytin äidin lauseen jo hieman kyllästyneenä turhasta hössötyksestä.

– Minulla on kaikki, mitä tarvitsen siellä Hirvikalliolla.

Olin taittelemassa sievään pinoon vaaleanpunaista villapaitaani, jossa oli suuria ruusuja kirjailtuna, se lämmittäisi hoikkaa vartaloani elokuun viileinä iltoina. Kun vilkaisin äitiä, hän näytti haikealta. Huolirypyt hänen otsallaan näyttivät syvenevän entisestään ja olin jopa huomaavinani hänen silmäkulmastaan valuvan yhden pienen kyyneleen. Otin vielä kaapista harmaa-mintunvihreäraitaisen paitapuseroni, jossa oli muodin mukaan olkatoppaukset. Viikkasin sen muiden vaatteiden joukkoon ja suljin jo täpötäynnä pursuavan urheilulaukkuni. Jouduin jopa käyttämään nuorta tahdonvoimaani, sillä laukun vetoketju ei tahtonut mennä suosiolla kiinni.

Äiti juoksi alatasolta rappuja ylös huoneeseeni lenkkikenkäni kädessään ja sanoi:
- Älä unohda näitä.

Hymyilin äidilleni lempeästi ja hieman harmitellen mielessäni aukaisin vastahakoisesti laukkuni, yritin vielä survoa minusta ylimääräiset kengät johonkin tyhjään kohtaan laukussa ja jälleen kerran puoliväkisin kiskoin liikatavarasta pursuavan laukkuni vetoketjua kiinni.

- Susanna, puhelimeen! Huusi pikkuveljeni Sami ja virnisti jatkaessaan: - se on se sinun Tonisi. Punastuin, sydämeni sykähti kiivaasti, Toni. Se oli Toni, hän sittenkin muisti vielä soittaa.

Hän lupasi soittaa minulle aikaisemmin päivällä, kun olimme treffeillä hänen kotonaan.

* * * *

Meillä oli ihanaa, katselimme toimintaelokuvaa maatessamme pehmeän vaahtomuovipatjan päällä lähekkäin. Hän veti minut yhä lähemmäksi ja lähemmäksi, olimme liimautuneena toisiimme. Olin onnellinen siinä. En olisi halunnut lähteä kotiin, en mitenkään, sillä tiesin että tämä haikea väliaikainen ero oli edessä. Se ero vain tuntui juuri rakastuneesta seitsemäntoista vuotiaasta tytöstä liian pitkältä ja raastavalta, pelkäsin menettäväni ensirakkauteni.

Toni lähti saattamaan minua, kun oli kotiinlähdönaika. Pyöräilimme siihen asti, kunnes jouduimme erkanemaan eri suuntiin. Sydäntäni alkoi kivistämään yhä enemmän mitä lähemmäksi kohtalokas tasoristeys tuli. Aloin tietoisesti hidastelemaan, en olisi ihan vielä halunnut erota tuosta ihanasta poikaystävästäni, en vielä. Tasoristeys läheni ja läheni, kunnes olimme risteyksen kohdalla. Jarrut kirskuen pysäytimme pyörämme ja sysäsimme ne hieman syrjemmälle ojan laitaan, jotta metalliset esineet eivät olisi olleet turhaan esteenä meidän välissämme. Toni kaappasi minut, hellään ja turvalliseen syleilyynsä. Hän suuteli hellästi pehmeitä huuliani ja kuiskasi hiljaa: – Minun tulee sinua ikävä, tosi ikävä. En vastannut tuohon mitään, en pystynyt, kyyneleet vain valuivat sileää poskeani myöten Tonin puhtaalle, meren tuoksuiselle t- paidalle ja ne kyyneleet, kosteat pienet helmet kastoivat pojan paidan läpikotaisin. Minua nolotti ja pyysin hieman katuvaan sävyyn anteeksi komealta pojalta. Olin rakastunut korviani myöten tuohon poikaan, jonka seurauksena olisin halunnut jäädä kotiin, jotta olisin ollut lähempänä häntä. Oi miksi minun pitää lähteä toiseen kaupunkiin jatkamaan opin ahjoani? Miksi sallisin itseni rakastua, oi miksi? Olin sekaisin, mieleni ailahteli ilon, haikeuden ja surun välillä, välillä itkin, välillä nauroin, välillä olin kokonaan vaiti, halusin vain tuntea hänen vahvat käsivartensa vyötärölläni, pitkään, pitkään. Toni irrotti otteensa vyötäröltäni, tarttui käsillään selkänsä takana ristissä oleviin käsiini ja päästi ne irti toisistaan, hän loittoni vain kyynerän verran minusta pitäen vielä kummastakin käsistäni kiinni ja sanoi miehekkään pehmeällä äänellään: - Rakas, nyt tiemme eroavat vain hetkeksi, soitathan huomenna, kun olet perillä? – Tietenkin soitan, aivan varmasti soitan, heti kun vain pääsen puhelimen ääreen, vastasin tuohon pyyntöön vakuuttelevasti. Nostin maassa lojuvan polkupyöräni ylös pyörilleen, nousin sen selkään ja huusin hei, hyvästiksi. Lähdin polkemaan ripeästi kotitietäni kohti, syvä kaiho rinnassani. Tunsin suurta ikävää vaikkakin eron hetkestä oli kulunut vain tovi.

* * * *

Kiirehdin ylä- tasolta ala- tasolle, jossa talon ainut lankapuhelin sijaitsi, isäni työhuoneessa. Nostin vihreän lankapuhelimen luurin puunvärisen työpöydän tasonpäältä ja huomasin vastaavani liian kiihdyksissäni.

- Susanna, yritin kuulostaa siltä, kuin en olisi odottanut kuumeisesti tuota puhelua.

- Toni tässä hei. Oletko jo pakannut kassisi?

- Joo, valitettavasti. En haluaisi lähteä huomenaamulla. Minun tulee sinua kovasti ikävä.

-Niin minunkin sinua, Toni vastasi lyhyesti ja ytimekkäästi.

- Mutta mehän nähdään jo ensiviikon lauantaina, kun palaat kotiisi, Toni jatkoi.

- Niin nähdäänkin, mutta vasta lauantai -iltana, kun aamuksi menen puutarhalle töihin.

- Ok! Isäsikö sinua lähtee viemään sinne koululle?
- Ei. Vastasin. - Menen ensin linja- autolla ja sitten junalla Huittisiin ja siellä vaihdan linja-autoon ja jatkan Hirvikalliolle.
- Eihän sinulla vain ole liikaa painoa kassissasi? Toni jatkoi äänessään huolen vivahde.
- Ei, jaksan kyllä kantaa.
- Sievä prinsessani, nyt varmaan pitää lopettaa, jotta pääset ajoissa nukkumaan. Jouduthan jo puoliviideltä heräämään, jotta ehdit kymmentä vaille kuuden linja-autoon. Suukkoja.
- Suukkoja ja hyvät yöt, vastasin haikeana.

Alakuloisena suljin puhelimenluurin alas paikalleen. Avasin työhuoneen oven, jonka takana harmikseni huomasin pikkuveljeni Samin ja Rikun norkoilevan taas tapansa mukaan kuuntelemassa puheluani. He tirskuivat ivallisesti selkäni takana, kun ohitin heidät. Käännyin ja näytin heille kieltä. Voi että minua ärsytti tämä kaksikko, vaikkakin minulle kovin rakkaat pikkuveljeni. Riku oli tummahiuksinen, ruskeasilmäinen ja hänellä oli mielestäni naurettavat silmälasit päässään. Hän oli minua viisi vuotta nuorempi, kun taas Sami oli minua yhdeksän vuotta nuorempi ja läheisempi, kuin Riku. Samilla oli yhtä vaaleat hiukset kuin minun vaaleat kuparin- ja luonnonkiharaiset hiukseni. Meillä kaikilla oli hyvin tummanruskeat silmät. Ainoastaan minulla ja Rikulla oli huono näkö, joten minä myös jouduin käyttämään laseja, joita inhosin yli kaiken. Minua kiusattiin koulussa näiden lasien takia ja ne olivat aina tiellä tai kadoksissa. Silloin kun olin muka kadottanut lasini, niitä etsittiin kissojen ja koirien kera, vaikka itse hyvin saatoin tietää missä ne rillit piileskelivät, olinhan ne itse piilottanutkin. Huojentunut olin siitä, että lasit olivat paljon muodinmukaisemmat kuin Rikun lasit, niissä oli pinkkiä ja valkoista ja timantit kummassakin sangassa, joiden takia lasit näyttivät arvokkailta. Kaikesta huolimatta häpesin noita laseja, sen takia mitä ne saivat aikaan koulumaailmassa, kiusaamista ja pilkkaamista.

Huoneeseeni saavuttua, suljin oven kiukkuisena. Kiipesin huoneessani sijaitsevalle parvelle, joka oli normaalia parvea tilavampi. Parven lattialle oli sijattuna minun vuoteeni sekä matala kirjahylly, jonka päällä oli pieni matka- telkkari ja hyvin voiva, vaaleansinisin kukin kukkiva saintpaulia parvellani sijaitsevan ikkunan edessä.

Huoneeni alakerta oli tapetoitu vaaleansinisellä tapetilla, jossa oli isoja valkoisia pilvenhattaroita. Prinsessamaisuutta huoneeseen loi myös äidin ompelemat, tyyliin sopivat silkkikankaiset puhvisivuverhot röyhelöineen, jotka kehystivät huoneeni ikkunaa. Siellä oli myös kelta valkoinen koulupöytäni ja vanha sänky, jossa nukuin aina, kun olin kipeänä. Alakerran sänkyni vastapäätä oli valkoinen peililiukuovinen vaatekaappi, jossa oli kaksi osaa: toisella puolella oli henkariosio ja toisella puolella hyllykkö ja lattiaa peitti vaaleansininen räsymatto. Katsoin ympärilleni ja totesin haikeana, kuinka paljon rakastinkaan omaa huonettani, en haluaisi jättää sitä, enkä kotiväkeäni ja ihanaa uutta kotiamme, jonka isä, äiti ja me sisarukset (sen verran aina, kun vain pystyimme auttamaan) rakensimme Tarmon-metsään. Tarmon-metsä oli aikansa uusin asuntoalue Iivarisessa. Siellä olimme asuneet suurimman osan pienen elämäni aikana. Usein kuitenkin seilasimme Raision ja Iivarisen väliä, aivan kuin mustalaiset. Aloitin ensimmäisen luokan syyslukukauden Raisiossa ja jatkoin Iivarisissa. Koko tuon ala-asteen ja yläasteen ajan minua kiusattiin. Ala-asteella kuitenkaan ei niin pahasti kuin yläasteella. Yläasteen aikoina meillä oli koulukyyti Iivarisista Raisioon ja toisinpäin. Tuota aikaa en unohda milloinkaan. Muistan senkin kerran, kun olimme, apuluokan oppilaat mukaan lukien, palaamassa koulukyydillä kotiin. Se hetki jäi mieleeni hyvin, sillä minua hakattiin nyrkein päähän melkein koko kotimatkan. Eräs apukoulun pojista innostui fyysiseen kiusaamisen. Vieressäni istui omalta luokaltani eräs tyttö, joka yritti saada tuon fyysisen väkivaltateon loppumaan. Se ei loppunut, se jatkui aina kotipysäkilleni asti. Olin ihmeissäni, miksei linja-auton kuljettaja puuttunut asiaan mitenkään, vaan ajoi tyytyväisenä pisteestä A pisteeseen B. Muistan, että pääni särki koko loppupäivän, mutta en tohtinut sanoa vanhemmilleni tapahtuneesta sanaakaan.

Eikä ne kiusaamiset loppuneet millään. Kerran oli jo toiseksi viimeinen tunti, kun rehtori tuli siivoojan kanssa luokkaan ja kuuluvalla äänellä pyysivät minua seuraamaan heitä tyttöjen vessaan, jonka seinille olin muka piirrellyt. Olin kuulemma syyllinen koska minun nimeni oli seinillä useaan kertaan. Koko luokan kuullen rehtori lausui nämä valheelliset sanat. Niin minä nöyryytettynä nuorena naisen alkuna kiltisti kuljin rehtorin ja siivoojan perässä tyttöjenvessaan. Tehtäväni oli pestä kaikki töherrykset pois vessan seinistä. Olin suunnattoman loukkaantunut ja nolona, enkä voinut kertoa asiasta taaskaan kotona. Nyt olen helpottunut ja onnellinen, että piinaava peruskoulun aika oli taakse jäänyttä aikaa jo vuosia sitten. Peruskoulun jälkeen olin vuoden parantamassa päättötodistuksen numeroita Turun kristillisessä opistossa ja onnistuinkin korottamaan hieman niitä. Kukaan ei kiusannut minua ja kuuluin joukkoon, koska luokassamme oli sekä kuuroja että kuulevia oppilaita.

Ydinperheeseemme kuului isä, äiti, minä ja pikkuveljeni. Meillä ei olut lemmikkejä, sillä olin itse allerginen ja isä oli astmaatikko. Kuuluimme hyvin toimeentulevaan keskiluokkaan. Kotona oli uusinta tekniikkaa, oli tiskikone, mikroaaltouuni, tietokone, faksi, uusintamallia oleva lankapuhelin, johon tallentui viimeisin puhelu ja autopuhelin, joka minusta näytti ihan kannettavalta radiolta. Niin ja ei pidä unohtaa televisiota ja videopelejä, eikä videonauhuria. Talomme sijaitsi Iivaristen varakkaiden asuntoalueella ja malliltaan viimeisintä huutoa. Se oli rakennettu käytännössä kolmeen eri tasoon kaksi parvea mukaan lukien. Siinä oli alataso, jossa poikien yhteinen huone, isän työhuone, wc, eteinen ja kodinhoitohuone, josta pääsi saunatiloihin, jonka yhteydessä oli minun vessa- ja suihkutilani, sekä sauna. Ylätasolla oli keittiö, ruokailutila, olohuone, jonka yläpuolella iso parvi/oleskelutila, viherhuone, vanhempien makuuhuone, jossa oma wc. Minun huoneeni sijaitsi vanhempien huoneen vieressä. Meillä siis oli kulissit kunnossa. Me lapset harrastimme kaikennäköistä; minä soitin pianoa, Sami ja Riku olivat partiossa ja joka toinen viikko meillä oli tenniskenttä vuoro äitini koulun liikuntasalissa, jossa yritimme pelata kaikessa sovussa rehellistä tennistä. Joskus ihan pikkutyttönä harrastin jopa fyysistä liikuntaakin, kuuluin erääseen liikunnalliseen seuraan ja tanhusin. Kävin niiden seurojen kanssa silloin tällöin esiintymässäkin. Elämäni oli tuolloin mallillaan, niin kuin pienen tytön elämä voikin olla, mutta kokemani koulukiusaaminen varjosti ja painoi vieläkin mieltäni. Nämä ajatukset painavat mieltäni useasti, kuten tälläkin hetkellä, kun otin esiin vanhan punaisen urheilulaukkuni ja päätin tarkastaa vielä kerran, etten ollut unohtanut mitään olennaista, jota voin tarvita. Joo, kaikki oli matkassa. Hui, oliko sittenkään. Missä oli minun säästökirjani?

- Äiti, missä on minun säästökirjani?

- Laitoin sen sinun koulureppuusi, jonka otat
päivälaukuksi, kun käyt tunneilla. Hän totesi.
- Ok, vastasin lyhyesti.

Tarkistin vielä koulurepun, johon olin ahdannut wc-
paperia, deodorantin, hammasharjan, kihartimen,
hiuslakan, muotovaahdon ja kaikkein tärkeimmän:
meikkipussin. Etsin lompakkoani, suureksi
helpotuksekseni löysin sen. Tarkistin vielä, että
lompakossa oli rahaa linja-autoon ja junamatkaan,
pitihän sen rahan riittää myös Huittisten päässä linja-
autoon ja elämiseen, kaksisataaviisikymmentä
markkaa, pitäisi riittää ja saanhan paikallisesta
pankista nostaa rahaa, jos tarvitsen lisää. No
varmaankin illalla käyn kaupassa ja ostan jotain
iltapalaa asuntolaan.

* * * *

Olin koko viime kesän kesätöissä läheisellä
puutarhalla. Onnekseni sain jatkaa samassa paikassa
talvella viikonloppuisin, joten minun ei tarvinnut
huolehtia rahatilanteestani. Tuolla puutarhalla
tapasin Tonin ensimmäistä kertaa, hän oli ollut siellä
jo vuoden päivät töissä, kun minä sinne ilmaannuin.
Muistan kuinka heti ensimmäisenä päivänä iskin
silmäni tuohon komeaan nuoreen poikaan, jonka
perään muutkin kesätyötä tekevät tytöt kuolasivat. En
todellakaan voinut kuvitellakaan, että meistä joskus
olisi voinut tulla pari, sillä Toni huomasi vain toiset
paljon kauniimmilta näyttävät tytöt, minua ei

ollenkaan, tai ainakin minusta silloin tuntui niin. Kunnes eräänä kauniina kesäaamuna Toni oli aikaisemmin pyytänyt pääpuutarhurilta, että minä voisin mennä keräämään iiriksiä hänen kanssaan. Viimein hän kauniilla eleellä osoitti olevansa kiinnostunut minusta. Olin hieman hämilläni, kun puutarhuri tuli luokseni ja ilmoitti minun uuden työparini ja työpisteeni, aikaisemmin olin vain saanut kerätä krysanteemin pistokkaita emokasveista. Toni odotti käytävällä minua ja hymyili ystävällisesti, kun lähestyin häntä. Kohdalle saavuttuani hän esitteli itsensä.

- Hei, olen Toni. Entä kukahan sinä sitten olet? Samaan aikaan hän tarttui kädestäni kiinni ja katsoi suoraan silmiini. Olin onneni kukkuloilla, minusta tuntui siltä kuin olisin pyörtyä pojan tummaan katseeseen. Hänenkin silmänsä olivat tummanruskeat ja niissä sädehti tuhannet tähdet yön tummaa taustaa vasten. Katselin hetken tuota komeaa poikaa, hänellä oli työhaalarit jalassaan ja kumisaappaat, sekä haalareiden alta loisti valkoinen hihaton T- paita. Hämilläni huomasin katselevani hänen tummanruskeita hiuksiansa, jotka harottivat villisti hänen päässään, ihanan silkinpehmeät ja kiiltävät hiukset. Olisin halunnut kosketella niitä heti ensi tapaamisesta lähtien. Olin lumoutunut ihastuksen tunteesta, jota ruokki vallattomasti hulmuavat tummanruskeat ylikasvaneet hiukset ja sen ihana tuoksu. Jasminin hurmaavan raikas tuoksu sai

27

sydämeni sykkimään kiivaammin ja kiivaammin. Olin aivan myyty tuon komistuksen edessä. - Susanna. Sain kuitenkin vaivalloisesti kuiskittua. - Mikä? Poika kysyi, kuin ei muka kuullut vastaustani. - Susanna. Nyt sanoin nimeni hieman kuuluvammalla äänellä. Olin hämilläni ja ajattelin vieläkin, että hän vain kiusoitteli minua. Kehoni värisi jännityksestä ja päätin vakaasti olla mokaamatta nyt, en halunnut tulla naurun alaiseksi. Vaan pitipä jotenkin tämä ihana tilaisuus tyriä. Toni oli aloittanut toisesta päästä iirispenkkiä, kun minä aloin keräämään iiriksiä toisesta päästä penkkiä. Totta kai minä keräsin kaikki iirikset mitä eteeni osui. Siihen tuli työnohjaaja paikalle ja näin hänen kauhistuneen katseensa. - Ei, ei, ei noin, hän sanoi, - Ei kaikkia saa kerätä järjestyksessä vaan vain ne iirikset, joissa näkyy hieman sinistä väriä, hän jatkoi ja näytti ne oikeat sato valmiit kukat mitkä sai kerätä. Ohjaaja poistuessaan paikalta, vilkaisi Tonia hieman kysyvästi, siitä hän taisi tajuta, että enhän minä voi millään tietää minkälainen kukka oli valmis kerättäväksi. Nolona ja kasvoni punaisena kuin paloauto, jatkoin iiriksien keräilyä. Siinä samalla, kun keräilimme iiriksiä sievään pinoon, tutustuimme toisiimme paremmin. Pian kuitenkin huomasin, ettei pojan aikeet olleetkaan mitkään pahat, vaan hän aidosti halusi tutustua minuun.

Viimeinkin pitkältä ja piinaavalta tuntuva työpäivä päättyi. Hain polkupyöräni pyörätelineestä ja lähdin polkemaan kotia kohti. Olin vielä puutarhaan

28

johtavalla hiekkatiellä, kun mopo kurvasi eteeni ja pysähtyi niin äkillisesti, että törmäsin mopon takapyörään. Olin jälleen kerran tosi nolona, olisin halunnut ryömiä maan rakoon kuin kastemato. Mopolla ajanut henkilö vain nauroi ja nousi mopon selästä pois ja otti kypärän päästään. Se oli Toni, apua kun olin nolona.

- Olet kaunein ja hauskin tyttö minkä olen koskaan tavannut, haluaisitko lähteä treffeille kanssani? Vaikkapa elokuviin, siellä menee tosi hyvä seikkailuelokuva tällä hetkellä.

- Voisinpa lähteäkin, sanoin hieman hämilläni.

Tästä hetkestä alkoi minun ja ensirakkauteni Tonin tarina.

* * * *

Mennyt kesä oli ihana ja mieleenpainuva. Me pyöräilimme paljon ja kävimme uimassa lentokenttäalueella sijaitsevilla hiekkakuopilla. Kävimme siellä uimassa, vaikka se oli kiellettyä aluetta. Oli siellä kielto kylttikin, mutta mitkään valtion kieltotaulut eivät meitä mitenkään estäneet. Noilla hiekkakuopilla vesi oli aina lämpöisempää kuin järvessä tai meressä ja siellä saimme uida rauhassa piilossa uteliailta katseilta. Välillä kuitenkin mukanamme pyöräili Tonin kaksi parasta kaveria, Jake ja Masa, minua tämä kaksikko häiritsi hieman. Tai mitä se hieman tuossa tekee, minua oikeastaan ärsytti tämä kumma kaksikko, mutta mitä minä sille olisin

29

voinut tehdäkään, kun ne silloin tällöin väen väkisin änkesivät seuraamme. Mitäpä minä sille, olivathan he Tonin parhaita kavereita, takiaisia sanon minä, pelkkiä perässä roikkujia.

Kerran pyöräilimme kahdestaan hiekkakuopille, jätimme pyörät lähelle uimapaikkaa. Siellä kasvoi tuuhea pajukko, johon piilotimme pyörämme siinä toivossa, ettei kukaan niitä sieltä löytäisi.

Toppini ja sortsieni alle olin jo kotona valmiiksi laittanut uimapuvun, ei tarvinnut sitten perillä muuta kuin riisua ylimääräiset vaatekappaleet yltään ja oli jo valmis ihanaan uintihetkeen. Se uimapuku myötäili kauniisti hoikkaa vartaloani ja korosti jo hyvin kehittyneitä naisellisia muotojani. Uimapuvun vihreä sävy korosti silmieni tummanruskeaa väriä ja sopi hiuksieni kuparinsävyyn. Tonilla oli hienot merkkiuikkarit jalassaan. Katseeni ahmi tuota taivaallista näkyä, ihailin hänen hyvin treenattua vartaloaan ja paloin halusta kosketella noita hieman hiestä kostuneita hyvin treenattuja rintalihaksia ja vatsalihaksia. Jotenkin huumaava tunne sai minusta yliotteen ja koskettelin hänen rintakehäänsä, siinä kun vielä olimme pyöriemme luona ja seisoimme vastakkain. Menin hieman hämilleni, kun huomasin komean nuoren miehen alun hymyilevän herkille tunteilleni. Hän kaappasi minut nauraen vahvaan syleilyynsä, nosti hetkeksi korkealle ilmaan ja laski minut tuokion kuluttua kosteaa ihoaan pitkin liu`uttaen maahan. Hitaasti kuin hidastetussa filmissä, hän otti oikeasta kädestäni kiinni, -Tule, hän sanoi nauraen ja lähdimme juoksemaan sydämemme täynnä nuorta rakkautta kohti kiellettyjä hiekkakuoppia. Ilma oli kaunis kuin morsian, aurinko porotti pilvettömältä taivaalta ja sileä valkoinen hiekka poltti jalanpohjiamme. Lentokoneet lensivät matalalla laskeutuakseen läheiselle lentokentälle ja pääskyset kirmailivat kilpaa pilvettömällä taivaalla. Tunsin olevani onneni kukkuloilla. Juoksimme käsikädessä auringon lämmittämään veteen ja aloimme uida leikkisästi kilpaa. Uimme lammen toiseen päähän, jossa kaislikko kasvoi pitkänä, sen suojissa saisimme olla rauhassa mahdollisilta uteliailta katseilta. Toni veti minut lähemmäksi, kun jalkamme ylettyivät hiekkapohjaan. Hän kuiskasi hiljaa korvaani ja kysyi, käytänkö mitään ehkäisyä, vastasin myöntävästi.

Hän hymyili vastaukselleni. Tunsin, kuinka hitain liikkein Tonin vahva ote vain kiristyi, kun hän veti minut yhä lähemmäksi aivan kiinni vartaloaan vasten ja kuinka pehmeät huulet liimaantuivat minun huulieni kanssa yhteen, suutelimme tovin ja hartaasti. Toni etääntyi hetkeksi, minä olin hämilläni, hieman peloissani, en uskaltanut hengittääkään. Vartaloni värisi nuoren miehen hellästä kosketuksesta. Minä odotin liikahtamatta mitä tuleman pitää.
- Oletko ennen tehnyt tätä? Hän kysyi arastellen kuin olisi pelännyt minun reaktiotani.

31

- En ole ennen ollut pojan kanssa silleen, olen koskematon vielä.

- Haluaisitko luopua koskemattomuudestasi minun takiani? Minä niin kovasti haluaisin yhtyä sinuun, harrastaa seksiä. Toni täsmensi tarkoitusperäänsä. En vastannut sanallisesti, vaan suutelin häntä suulle. Se oli Tonille riittävän myönteinen vastaus. Hän veti minut uudelleen lähemmäksi itseään, käänsi minut selin ja ohjasi käteni rantakivikkoa kohti, josta sain otettua tukea. Tunsin pehmeiden huulien hapuilevan selkärankaani pitkin. Ne liukuivat, kuin olisivat halunneet tallentaa joka ikisen selkänikamani kaaren hänen mielensä kovalevylle. Suljin silmäni ja annoin vain kaiken tapahtua mikä oli edessä. Tunsin suurta nautintoa, oli kuin olisin irtaantunut tästä maailmasta johonkin uusiin tuntemattomiin sfääreihin.

Miehiset kädet hapuilivat uimapukuni sisään ja paljastivat naiselliset kaareni, poistamatta uimapukua. Pehmeät ja miehekkäät kädet alkoivat kevyesti leikkimään kummankin Venuksen huippujeni kanssa yhtä aikaa samalla kun tunsin pehmeiden huulien kosketuksen niskassani. Huomasin hengitykseni kiihtyvän tuosta hurmion tunteesta. Tunsin, kuinka hänen miehiset kätensä hivuttautuivat yhä alemmaksi kohti haarojeni väliä. En estellyt, vaan nautin joka hetkestä. Hänen sormensa siirsivät uimapukuni haaraosan sivummalle ja alkoivat hyväillä aarreaittaani. Huokaisin hiljaa nautinnosta. Toni otti toisesta kädestäni kiinni ja ohjasi sen kohti hänen miehuuttaan, hän ohjaili käteni liikkeitä toivomallaan hitaalla rytmillä, välillä hän puristi kättäni hellästi. Tunsin, kuinka hänen miehisyytensä sykki silkin pehmeässä kädessäni sydämen lyöntien tahdin mukaan ja kovettui koko mittaansa. Olin edelleen selkä häneen päin, kun hän jatkoi vielä hetken aarreaittani hyväilyä, kunnes pyysi minun lopettamaan miehuutensa hyväilyn. Hän työntyi komeudellaan sisääni varovaisesti, mutta ei vielä kokonaan. Tunsin kuinka hitain liikkein se kova, mutta kuitenkin pehmeä miehuus liikkui edestakaisin. Välillä tunsin sen sykkivän sisälläni kuin sydän. Kiihkoni vain kasvoi ja kasvoi. Toni seurasi lantioni liikkeitä ja viimein työntyi sisälleni kokonaan, tuntui kuin olisin jakautunut kahtia, kuin mieleni olisi irtaantunut ruumiistani ja lähtenyt leijumaan vaaleanpunaisiin pilviin.

Tovin kuluttua kaaduimme kumpikin ranta penkereeseen ja syleilimme toisiamme, kunnes hengityksemme tasaantui. Sydämeni hakkasi rinnassani taivaallisen tunteen jäljiltä vielä, kun Toni kysyi huolissaan:

- Satutinko sinua?

- Et, vastasin hiljaa.

Aurinko oli jo laskemassa, kun pyöräilimme kumpikin omaan kotiimme. Vielä ennen nukahtamista muistelin kuluneen päivän uimaretkeä. Olin onnellinen.

* * * *

Hymähdin tyytyväisenä noille kesän ihanille muistoille. Nyt oli elokuun neljästoista päivä ja huomenna alkaisi minun uusi opinahjoni Hirvikalliolla, jossa kaksi ja puoli pitkää kokonaista vuotta tulisin opiskelemaan lastenhoitajaksi. Meillä oli sauna lämpenemässä, joten kävin saunassa ja iltatoimet tein samalla. Kuljin huoneeseeni ja suljin huoneeni valkoisen oven, jonka jälkeen kuivatin itseni frotee pyyhkeeseeni ja laitoin päälleni pitkän pehmeäkankaisen yöpaitani, jota koristeli vaaleansininen ruusukuvio, puuvillakankaisia pikkuhousuja unohtamatta jalastani. Aukaisin huoneeni oven ja riensin keittiöön syömään iltapalaa. Pikainen juustovoileipä ja lasillinen maitoa riitti iltapalaksi.

Kuljin takaisin saunatiloihin ja tarkistin vielä, että olin muistanut pakata tärkeimmät peseytymisvälineeni. Samalla kun riensin takaisin huoneeseeni, toivotin hyvää yötä perheelleni. Suljin huoneeni oven ja kiipesin parvelle. Ryömin vuoteeseeni ja tarkistin, että herätyskello oli soimassa kymmentä vaille viisi aamulla, sammutin yläkatkaisimesta huoneeni valon ja vaivuin ruususen uneen.

3

$\mathscr{K}$ymmentä vaille viisi soi herätyskello.

Olin vielä silmät sirrillään ja aivan unen pöpperössä,
kun ryömin alas parveltani. Yöpaitani tilalle vaihdoin
edellisenä iltana valitsemani hihattoman aluspaidan,
jonka alle laitoin tietenkin ensin rintsikat. Kaappasin
nopeasti kaapistani vaaleanpunaiset nilkkasukani ja
laitoin ne jalkaani. Tuolin nojalta löysin kivipestyt
farkkuni ja merkkihupparini, jonka logoteksti oli
kirjoitettu vihreällä, samanvärinen oli sen
huppuosakin. Riensin, vielä unenpöpperöisenä
huoneestani keittiöön, jossa söin nopean aamupalan
keittiön apupöydän ääressä ja tietenkin kuuliaisena
tyttönä siivosin jälkeni. Tein pakolliset aamutoimet,
harjasin pitkät luonnonkiharaiset hiukseni nopeasti
tiukalle poninhännälle, jonka sidoin tyyliin sopivalla
kangasdonitsilla. Villeimmät irrallaan hapsottavat
hiussuortuvat kesytin pinneillä. Hain kassini ja
reppuni huoneestani ja hiivin hiiren hiljaa eteiseen.
Laitoin henkarikaapista ottamani sinisen kivipestyn
farkkutakin ylleni ja asettelin hupparin hupun sen
päälle, jalkaan vielä laitoin tyyliin kuuluvat siniset
kävelykengät. Heitin olalleni maastokuvioisen
reppuni ja käsin kannoin melko painavaa
urheilukassiani. Aukaisin ja ulos päästyäni suljin

ulko-oven hiljaa, jottei uinuvan talon väki heräisi. Oli vielä pimeää, mutta onneksi asuntoalueellamme oli katuvalot, ei tarvinnut raahautua kilometrin verran pimeässä pysäkille asti. Reppu selässäni ei niin paljon painanut kuin urheilulaukkuni käsissäni. Minua harmitti syvästi se, että jouduin kantamaan aivan yksin tätä laukkua kaksin käsin, niin painava se oli. Kuin ihmeen kaupalla jaksoin raahata taakan pysäkille asti. Ei ollut yllätys, että olin tämän yksinäisen oloisen pysäkin ainut linja-autoa odottava matkustaja, sen seurauksena minulle tuli orpo olo. Pimeässä etelän puolella kajastivat Turun ja sataman valot, idän suunnalla näin, kuinka aamu alkoi sarastaa värjäten taivaan rannan purppuran punaiseksi ja ilmassa tuntui jo alkavan syksyn viileys. Maa oli kostea yön sateen jäljiltä, jonka viileä ilma tuntui farkkutakkini läpi, palelin hieman. Katsoin rannekelloani, kello oli jo varttiavaille kuusi, pian pitäisi linja-autonikin ilmestyä näköpiiriini. Kaivoin reppuni sivutaskusta kukkaroni jo valmiiksi.

Kului tovin, kun aloin kuulla mäen takaa, kuinka suurehkon auton mörisevä ääni lähestyi pysäkkiä. Voi, olisipa se odottamani linja-auto, ainakin mielessäni toivoin niin. Suurehkon auton valot ilmestyivät pohjoisen suunnalta ja vierivät hitaasti alas mäkeä pysäkkiä kohti. Nostin käteni merkiksi, että haluaisin nousta auton kyytiin. Linja-auto pysähtyi kohdalleni ja aukaisi kuskinpuoleisen oven, astuin kyytiin.

- Linja-autoasemalle, sanoin ja otin seitsemän markkaa esille, annoin rahat kuskille. Saatuani kuskilta kuitin käteeni, aloin raahaamaan painavaa urheilulaukkuani istumapaikalle. Oman haasteensa antoi ahdas linja-auton käytävän penkkiväli. Reppuni meinasi jäädä jumiin penkkien käsinojiin, välillä jouduin pysähtymään ja sievästi sujauttamaan repun olkasankaa selkänojien niskatyynyistä. Kuski oli ystävällinen ja odotti rauhassa, kunnes istahdin. Valitsin istumapaikan läheltä kaksoisovia, joista pääsisin vaivatta ulos linja-autoaseman läheisyydessä sijaitsevalla pysäkillä. Ovet sulkeutuivat ja auto lähti vierimään kohti Turkua. Katselin ikkunasta ulos. Näin, kuinka oikealle jäi tuttu asuntoalue ja samalle puolelle, ennen Mariannan risteystä, tuli esiin satama, jossa ystäväni Mariannen kanssa kävimme usein katselemassa ylväitä laivoja, jotka odottivat lähtölupaa keulat kohti avomerta. Olin hieman haikeana, kun jouduin kokonaan muuttamaan toiselle paikkakunnalle ja olin hermostunut siitä, että pärjäisinkö yksin vieraalla maalla. En luottanut itseeni, miten olisin voinutkaan, minua oli niin kauan kiusattu, eikä minua oikein kotonakaan arvostettu tai kannustettu. Elin jo varjoissa, joista en uskaltanut kaivautua ulos. Onneksi olin kuluneen tapahtumarikkaan ja taivaallisen ihanan kesän aikana saanut uuden innoittavan elämän. Olin rakastunut nuoreen ihanaan mieheen, joka ei tuominnut. Hän ymmärsi ja kannusti minua. Hän rakasti minua pyyteettömästi. Vain Tonille uskalsin antautua ja näyttää tunteeni ja vain hänet päästin lähelleni.

Olin hyvilläni, että peruskoulu oli ohi, ei tarvinnut enää kohdata menneisyyden piinaavia haamuja. Vakaasti päätin juuri tuossa linja -autossa, että yritän parhaani opiskelussa, enkä antaisi minkään vastoinkäymisen lannistaa minua, vaan ottaisin vastoinkäymisistä opikseni. Minusta tulisi vahva.

* * * *

Poistuin autosta linja-autoaseman kohdalla olevalla pysäkillä. Tämän auton päätepysäkki olisi sijainnut liian kaukana rautatieasemasta. Paikka oli Puutori, johon lähialueen linja-autojen oli tapana pysähtyä. Linja-autoasemalla päätepysäkkiä pitivät vain kaukoliikenteen autot. Lähdin raahaamaan taakkaani kohti juna-asemaa, joka sijaitsi kahden korttelin päässä. Yritin juosta, mutta taakan paino hidasti menoani merkittävästi. Asemalle saavuttuani kello oli jo kymmentä vaille seitsemän, kun huomasin asemalaiturilla jo seisovan viittä yli seitsemän aikaan Tampereelle lähtevän junan. Kiirehdin askeleitani ehtiäkseni tuohon junaan, vain tuolla junalla olen ajoissa Hirvikalliolla sijaitsevalla opinahjollani, siihen minun oli ehdittävä.

Vasta junassa hieman rentouduin, istahdin junanvaunun keskiosaan. Siinä oli ainoat vastakkain olevat neljän istumapaikan tuolit. Laitoin urheilulaukkuni vapaille penkeille vastapäätäni, repun otin selästäni ja heitin sen viereiselle istumapaikalle ja itse läsähdin ikkunan puoleiselle penkille. Jalkani nostin vastakkaiselle penkille, jossa oli urheilukassini.

Toivoin, sormet mielessäni ristissä, ettei kukaan outo ihminen tulisi vaatimaan istumapaikkaa, sillä en todellakaan viitsisi enää siirtyä paikaltani jonnekin muualle. Tunsin, kuinka juna nytkähti liikkeelle. Katsoin ulos ikkunasta, josta näin kuinka tuttu kaupunki lipui hiljalleen pois näköpiiristäni kauas horisonttiin. Tunsin sisimmässäni yhtä aikaa suurta iloa ja pientä tuskan pistoa. Olin yhtä aikaa hermostunut, että jännittynyt. Tunteiden koktaili hämmensi minua, joten ajattelin mielessäni, olenko sittenkään valmis aloittamaan uutta elämää aivan vieraassa kaupungissa.

- Mitä, jos sama piina jatkuu sielläkin? Ajattelin ääneen.

- Saisinko matkalippunne olkaa hyvät? En huomannut, että vieressäni oli jo jonkin aikaa seissyt konduktööri. Iäkkäämpi mieshenkilö vain hymyili minun letkautukselleni.

Otin repun sivutaskusta esille kukkaroni ja kysyin: - Paljonko maksaa opiskelijalippu Huittisiin?"

- Katsotaanpa, vastasi jo hieman harmaantunut mies.

- Kaksikymmentäviisi markkaa, hän jatkoi ja samalla katsoi suoraan ruskeisiin silmiini.

Otin kukkarostani viisikymppisen ja ojensin rahan miehelle.

- Kaksikymmentäviisi markkaa takaisin olkaa hyvät, mies sanoi ja jatkoi ystävällisesti viitaten aiempaan sanomiseeni, - muista nuori neiti, että elämässä pitää mennä eteenpäin, niin kuin tämä juna. Katsoin miestä vastaamatta mitään tuohon viisaaseen elämän ohjeeseen. Mies vain hymyili minulle ystävällisesti ja minä vastasin tuohon hymyyn vaivalloisesti pienellä hymyn virneellä, jonka sain aikaiseksi. Konduktöörin mentyä keskityin ihailemaan maalaismaisemaa. Ajattelin, kuinka ihana voi olla Suomen luonto, sen vihreys rauhoitti mieltäni. Pienen hetken ajatukseni harhailivat Toniin. Mitä hän nyt tekisi? Varmaankin työt puutarhalla olivat jo alkaneet ja Toni olisi jo täydessä työn touhussa. Hymyilin omille ajatuksilleni.

* * * *

Huittisten asemalle junan saavuttua nousin siitä pois ja jäin tuokioksi katselemaan tätä outoa ja uutuuden viehättävää kaupunkia hieman hämilläni. Mitä, mitä tämänhän piti olla pieni kaupunki, mutta melko isohan tämä oli, ei tosin vedä vertoja kotikaupunkiini Raisioon. Hymähdin mielessäni ja samalla katseeni etsi paikkaa, jossa linja-autot seisoskelivat. Seisoin hieman sivummalla asemasta ja huomasin, että autot jo odottivat kyytiläisiään omilla laitureillaan, aseman etupihalla. Tämä paikka näyttää olevan sekä juna-asema, että linja-autoasema, kätevää, ajattelin.

Huomasin auton, jossa luki Huittinen – Hirvikallio. Kiirehdin autoon ja jälleen kerran sain raahata tuota raskasta taakkaani kämmenet punaisena. Toivoin hiljaa mielessäni, ettei perillä oleva koulun risteys sijaitsisi kovinkaan kaukana tämän bussin pysäkiltä, sillä en jaksaisi enää pitkälle kantaa painavaa laukkuani. Autoon päästyäni maksoin matkan ja tuppauduin laukkuineni ja reppuineni ainoalle vapaalle istumapaikalle, lähelle poistumisovia. Istahdettuani penkille silmäilin ympärilleni. Huomasin, että auto oli täynnä, lähinnä nuoria tyttöjä ja poikia suurine laukkuineen ja reppuineen, kukaan ei tässä autossa puhunut toisilleen sanaakaan. Hymähdin jälleen kerran mielessäni ja totesin, että varmaan kaikki olivat tulossa samaan paikkaan. Oikeassa olin. Hirvikallion keskustassa auto pysähtyi erään kaupan eteen. Linja-auto tyhjeni lukuun ottamatta mutamaa mummoa, jotka jäivät istumaan jatkaakseen matkaansa eteenpäin, ties minne olivat menossa, kai kotiinsa, en tiedä, eikä se minua kiinnostanutkaan. Kun auto jälleen lähti liikkeelle, huomasin tien toisella puolella kyltin, jossa luki Huittisten sosiaalialan oppilaitos. Minä, reppu jo selässä otin urheilulaukkuni käsiini ja aloin raahaamaan painavaa kassiani. Suuntasin kohti tien viitan osoittamaa suuntaa muiden opiskelijoiden vanavedessä, jotta en vahingossakaan eksyisi. Tosin en olisi millään voinut eksyäkään, piti vain kulkea tuon opiskelijalauman perässä, seurata niin kuin varjo.

41

Senhän minä jo osasin.

* * * *

Koulu ilmestyi mutkan takaa, jota varjosti tiheä kuusikko. Ensin esiin tuli valkoinen matalampi ja pidempi rakennus. Minulla kävi pikaisesti mielessä, että kenties se rakennus oli asuntola. Opiskelijaletkakaan ei suunnannut suoraan kohti asuntolaan, vaan jatkoivat kulkuaan kohti kermanvaaleaksi rapattua, paljon suurempaa rakennusta, jonka lasisen punaruskean aulanoven aukaisi ystävällinen naishenkilö, joka toivotti uudet oppilaat tervetulleeksi opinahjoonsa.

Aula oli avara ja sen perällä nousi leveät portaat ylätiloihin. Ilmeisesti luokat olivat yläkerrassa. Kyseisen tilan perälle, portaiden viereen oli tuotu leveä pöytä, jonka takana seisoi kaksi opettajaa. Pöytätason päällä oli lista, jossa oli majoittuvien oppilaiden nimet ja laatikko, jossa oli huoneistojen avaimet. Jokainen oppilas vuorollaan kävi ilmoittautumassa tuon pöydän luona ja jokainen oppilas merkattiin opiskelijaksi tähän kouluun.

- Susanna Jääskeläinen, sanoin, kun vuoroni tuli.

- Aivan, löytyy listalta, sanoi lyhyet, kiharaiset, tummat hiukset omaava, silmälasipäinen opettajatar. Hänen punainen paitapuseronsa pisti minun silmiini, kuin varoittaakseen minua jostakin, en vain saanut päähäni, että miksi niin tavallisen oloinen paita herätti minussa moisia tuntemuksia.

- Susanna, sinulle oli varattu asuntolapaikka. Tässä huoneen avain ja allekirjoitus viimeiselle riville kiitos, sanoi opettajatar ja ojensi hymyillen lomaketta, jossa oli paljon numeroita ja numeroiden jälkeen nimiä. Minä kirjoitin numeron kahdentoista jälkeen oman nimikirjoitukseni ja nimen selvennykseni, jonka jälkeen sain avaimet käteeni.

Jälleen kerran reppu selässä, nostin tällä kertaa vain yhdellä kädellä painavan urheilulaukkuni. Nostin laukun vasemmalla kädellä, vaikkakin vasen käsi oli minun heikoin käteni silti jotenkin jaksoin kantaa tuota taakkaa kaikesta huolimatta. Oikeassa kädessäni pidin avainnippua. Lähdin kulkemaan kohti aulan ovea ripeästi. En vieläkään uskaltanut hymyillä kenellekään, saatikka jutella sen kummoisemmin kenenkään kanssa.

Ulos päästyäni kiiruhdin askeleitani kohti asuntolaa. Siinä reippain askelin kulkiessani, toivoin hartaasti, että olisin saanut yhden hengen huoneen, en kaivannut huonetoveria, halusin vain olla yksin, omassa rauhassa.

* * * *

Asuntolaan päästyäni aloin etsiä katseellani seinien opastekylteistä huoneeni numeroa, näytti olevan heti ulko-oven vasemmalla puolella. Opaste kyltissä luki 10- 14. Lähdin kulkemaan tuota pitkältä tuntuvaa käytävää pitkin ja pysähdyin huoneen numeron kahdentoista kohdalla. Työnsin avaimen

43

ovessa olevaan lukkoon ja aukaisin sen. Huomasin harmikseni, etten ollutkaan yksin tässä huoneessa, vaan jouduin jakamaan huoneen aivan oudon tytön kanssa. Olin hämilläni ja tervehdin nopeasti.

- Hei! vastasi tyttö iloisena ja reippaana. - Olen Julia. Mikä sinun nimesi on?

- Susanna, sanoin lyhyesti.

Katsoin pikaisesti huonetoveriani, hänellä oli lyhyt vaalea polkkatukka ja taivaansiniset silmät. Vaatetus näytti olevan nuorekas: pinkki T-paita, kivipestyt farkut ja vaaleanpunaiset nilkkasukat kuten minullakin. Tyttö oli oikeastaan melko sievä, melkeinpä kuin keijukainen, eikä tarvinnut inhottavia silmälaseja, onnekas, ajattelin.

Sen jälkeen emme jutelleet paljoakaan ensimmäisenä päivänä, enkä olisi halunnutkaan. Tunnit alkoivat pian saavuttuamme koululle, joten vietyämme matkatavarat huoneisiimme, siirryimme suuremman koulurakennuksen luokkatiloihin. Kuten arvata saatoin: ensimmäinen tunti kului toisiimme tutustuen.

* * * *

Päivä kului nopeasti, kävelin asuntolaan muiden oppilaiden vanavedessä ja huoneeseeni päästyäni heitin reppuni, minun vielä sijaamattomalle vuoteelleni. Poistuin nopeasti huoneesta ja kuljin jonkin matkaa käytävää pitkin kohti pääovea, joka sijaitsi huoneeni oikealla puolella. Pääovet sijaitsivat keskellä taloa, joiden kohdalta lähtivät portaat alakertaan. Lähdin kulkemaan noita portaita alas varovaisesti, sillä en tiennyt, mitä portaiden alapäässä oli. Jo puolessa välissä portaita huomasin eteeni avautuvan avaran tilan, jossa oli iso olohuone, jonka keskellä oli olohuoneenpöytä ja kaksi isoa kolmen istuttavaa kangassohvaa, joissa lepäsi sinisiin sohvatyynyihin rennosti nojaten kaksi tyttöä. Suuren koko seinän levyisen ikkunan edessä oli tv-taso, jonka päällä oli televisio ja sen alatasolla videonauhuri, jotta asuntolan asukkaat voisivat katsella yhdessä valittuja elokuviaan. Olohuoneenpöydän alla, lattialla oli kookas beigevalkoinen räsymatto ja suuren ikkunan näkösuojaksi oli ripustettu neljä pitkää, sinistä verhoa.

Laskeuduin vielä muutaman porrasaskelman alaspäin ja huomasin olohuoneen yhteydessä, portaikon alla olevan pienen keittiön, jossa oli tuplajääkaappi, hella, seinällä rivi valkoisia astia- ja säilytyskaappeja, joiden välitasolla oli lavuaari. Erään astiakaapin ulkopuolella olivat keittiön säännöt, aloin lukea tuota sääntölistaa tarkkaan:

1) Koko keittiö ja olohuoneen avoin tila on kaikkien asuntolassa asuvien ja sen mahdollisten vieraiden käytössä.

2) Huolehdi omista ruoista ja omista astioista. Pese astiat käytön jälkeen. Muista merkata omalla nimellä kaikki ruoka, jonka laitat jääkaappiin.

3) Älä jätä likaisia astioita lojumaan viikonlopuksi.

4) Omat ruoat viikonlopuksi kotiin.

5) Vierailuaika päättyy kello 21:00. Sen jälkeen ei saa talossa olla enää ylimääräisiä henkilöitä.
6) Hiljaisuus kello 22:00.

No joo, ihan normi säännöt. Pitääpä seuraavaksi mennä kauppaan ja ostaa sieltä aamupalaa ja illaksi pientä iltapalaa, ajattelin mielessäni. Yksi asia minua vielä askarrutti ja päätin kysäistä asiasta jommaltakummalta tytöltä, jotka makoilivat sohvalla ja näyttivät ahmivan hartaasti jotain harlekiini - novellia.

- Anteeksi, saanko häiritä teitä hetkisen? Kysyin kohteliaasti.

- Joo, totta kai. Kuinka voin olla avuksi? Hämmästyin hieman vanhemmalta näyttävän tytön kohteliasta vastausta.

- Onko täällä jossain puhelin? Vastasin kohteliaaseen kysymykseen yhtä kohteliaalla vastakysymyksellä.

- Joo on, tuon käytävän puolella. Kiharahiuksinen tyttö vastasi ja osoitti oikean puoleiseen käytävään, jossa oli myös huoneita.

- Kiitos, sanoin. Lähdin käytävää kohti. Melkein heti siinä kohtaa vasemmalla puolella, käytävän alkuosassa, huomasin tummanvihreän seinäpuhelimen, nostin luurin paikoiltaan ja aloin pyörittelemään kotinumeroani. Kello oli jo tasan neljä iltapäivällä, joten kyllä joku siellä vastaa, ajattelin mielessäni ja samaan aikaan kuulin puhelimen toisesta päästä tuuttaavaa soittoääntä, mikä tuntui toistavan samaa rytmiä tovin aikaa, tuut...tuut...tuut....

46

- Riku Jääskeläinen, kuului nuoren pojan ääni.

- Susanna tässä hei! Vastasin.

- Moro isosysteri, miten menee?

- No eipä kummempaa, onko äiti kotona?

- Joo on, minä käyn hakemassa sen luuriin, vastasi Riku.

Kuulin, kuinka pikkuveli huusi kovalla äänellä: - Äiskä tule puhelimeen, siellä on Susanna.

Kuulin myös äidin vastauksen: - Voi ihanaa. Tulen salamana.

- Äiti.

- Täällä Susanna. Olen päässyt perille, en vain kerennyt heti soittamaan, kun olin päivällä tunneilla.

- Ei se mitään. Pääasia, että kuitenkin soitit, äiti sanoi.

Siinä aikamme juttelimme niitä näitä, kunnes minä lopetin puhelun.

Päätin käväistä kaupassa, jonka näin aiemmin aamulla tullessani tänne koululle. Sen jälkeen soittaisin lupaamani puhelun Tonille.

*   *   *   *

Kauppareittini varrella puut vielä viheriöivät. En millään saattanut uskoa, että syksy jo kolkutti luonnon kaariporteilla malttamattomana. Ilmassa tuntui jo tuleva syksy, vaikka aurinko paistoikin lähes pilvettömältä taivaalta se ei enää lämmittänyt samalla lailla kuin keskikesällä. Jotenkin taivaankin väri oli muuttunut kirkkaan lämpimän sinisestä – kuulaan kylmemmän sävyiseksi. Eivätkä pikkulinnutkaan enää visertäneet yhtä kirkkaasti ja iloisesti kuin alkukesällä. Tuuhean kuusikon välistä näin suurehkon modernin rakennuksen, jonka alakerrassa sijaitsi kauppa ja pankki. Jalkojani särki. Niitä särki ja jomotti. Jalkani kiukuttelivat minulle, olin varmaankin liikaa rasittanut niitä, antakaa anteeksi, koettakaa vielä kestää minua tuokion ajan, kohta olemme perillä, mielessäni anoin jalkaparoiltani. Kaupalle saavuttuani hymähdin ajatuksissani, tämä oli pieni kyläkauppa, mutta täältä löytyy kaikki mitä olin vailla. Heti ulko-ovesta oikealla oli punaiset ostoskorit, hedelmä- ja vihanneslaatikot ja vastapäätä terveellisempiä herkkuja huomasin keksihyllyt, jotka pursusivat mitä herkullisimpia keksimakuja. Tartuin lujalla otteella päällimmäisestä ostoskorista ja aloin tarkemmin vilkuilemaan kaupan tavarahyllyjä. Otin hedelmälaatikon viereisestä rullasta läpinäkyvän hedelmäpussin ja aloin hieromaan pussin suuaukon puolta. Onpa hankala avata. Tuntui kuin hedelmäpussinsuu olisi liimattu liimalla tiukasti yhteen, onneksi muistin kuinka äiti opetti toimimaan tuossa tilanteessa; hiero pussia, jotta sähkömagneettinen kenttä kumotaan saman nimiseksi eli neutroneiksi, tai jotain sinne päin. Kesti jonkin aikaa, että sain pussin aukeamaan, sen kunniaksi hymyilin voiton riemuisesti. Ensimmäisen voittoisa taisteluni muovipussia vastaan. Laitoin kaksi omenaa tuohon nyt avonaiseen muovipussiin.

Vastakkaiselta hyllyltä kaappasin koriin

keksipaketin. Jatkoin matkaani kohti mehuhyllyjä ja sieltä otin lempimehuani, sekamehua. Vielä täytin korin juustolla, vaalealla leivällä, margariinilla, kevytmaidolla ja kolmella 2 dl mansikkajugurtilla. Päättäväisin askelin kävelin kohti kaupan ainoata kassaa. Kassan tummahiuksinen ja sinisilmäinen myyjä hymyili minulle ystävällisesti samalla kun kuittasi ostokseni yksi kerrallaan kassakoneeseen. Katsoin sivusilmällä kassaneitiä, arvelin hänen ikänsä lähenevän paremminkin kolmeakymmentä kuin kahtakymmentä. Hänen hiuksensa olivat kerätty kauniiksi nutturaksi takaraivon kohdalle. Pistin merkille hänen päätään myötäilevän hiuksensa teennäisen mustan värin, eihän tummahiuksisella voinut olla sinisiä silmiä.

- Viisitoista markkaa, sanoi kassaneiti.

Otin kivipestyn farkkutakkini taskusta tasarahan ja annoin sen kassaneidille. Onneksi muistin lähtiessäni asuntolasta ottaa mukaan reppuni, ei tarvinnut tuhlata muutaman ostoksen takia suureen muovikassiin.

Laitoin ostokset kassan pöydältä reppuuni ja heitin sen oikealle olalleni.

- Näkemiin, sanoin ja hymyilin väsyneesti.

- Näkemiin, vastasi kassaneiti.

* * * *

Asuntolaan päästyäni menin alakertaan merkkaaman jugurtit, margariinirasian, kevytmaidon

49

ja juustopaketin omalla nimelläni ja huoneeni numerolla. Laitoin ne ylimmäisen jääkaapin vapaalle alimmaiselle hyllylle ja suuntasin kulkuni takaisin yläkertaan ja huoneeseeni. Hedelmät, keksipaketin ja mehun vein mukanani huoneeseen, joka ilokseni uhkui tyhjyyttään, Juliaa ei näkynyt missään. Menin takaisin asuntolan alakertaan, jossa talon ainut puhelin sijaitsi. Suureksi pettymyksekseni huomasin puhelimen olevan jo varattu, joku oppilas, tyttö, puhui varmaankin kaverinsa kanssa ennätyspitkää puhelua. Jäin hieman kauemmaksi odottelemaan omaa vuoroani. Tuntui, ettei tyttö aikonut koskaan lopettaa puheluaan, mutta viimeinkin piinaava odottaminen päättyi.

- Anteeksi, että kesti. Tyttö sanoi ja virnisti ilkikurinen ilme kasvoillaan.

En välittänyt vastata tuohon mitään, nostin vain luurin ja pyöritin Tonin numeron.

Toni vastasikin itse ja kuulosti olevansa huolissaan, kun en heti viiden aikaan ollut soittamassa. Siinä me juteltiin päivän kuulumisia. Puhelun päätyttyä ilmoitin vielä puhelinnumeron tänne asuntolaan ja huoneen numeron, josta muut asukkaat voivat tulla hakemaan minua, jos en juuri silloin ollut alakerrassa, kun Toni soittaa. Tuon saman litanian kerroin myös äidilleni, kun juttelin hänen kanssaan ennen kuin olin lähdössä kauppaan.

Toivotimme toisillemme hyvää yötä ja annoimme toisillemme hyvänyönsuukon totutusti puhelimen lankoja pitkin, niin kuin meillä oli aina tapana puhelumme lopussa.

Laskin hieman haikeana luurin takaisin paikalleen ja pikkuhiljaa aloin raahautua yläkertaan, huoneeseeni. Tein iltatoimet huoneessa olevassa ahtaassa vessassa, jossa oli valkoinen peilillinen lavuaarin yläkaappi, lavuaari, wc - istuin ja suihkutila. Pesulla käynnin jälkeen pukeuduin pehmeään yöpaitaan, jossa oli niitä suuria sinisiä ruusuja. Harjasin pitkät vaalean kuparinväriset luonnonkiharaiset hiukseni takuista selväksi ja sijasin vuoteelleni raikkaan meren tuoksuiset valkean aluslakanan, vaaleanvihreän pussilakanan ja samaan sävyyn kuuluvan tyynyliinan. Sänkyni päällä oli suuri beige päiväpeitto, jonka taittelin sievästi ja asettelin sen sänkyni vieressä olevalle tuolille. En ollut yksin huoneessa sillä puhelimessa oloni aikana Julia oli palanut takaisin huoneeseen ja oli jo makoilemassa omalla sängyllään. Siinä hän luki jotain paksumpaa romaania sänkynsä yllä palavan lukulamppunsa valossa.

Laitoin pöydälläni olevan vihreän herätyskelloni soimaan hyvissä ajoin, puoliseitsemän aikaan aamulla. Katsoin ikkunaan ja huomasin, että Julia oli jo ehtinyt laittamaan sälekaihtimet kiinni, vaikkakin ikkunaa kehystivät myös valoverhot. Mielestäni pelkkien valoverhojen sulkeminen olisi riittänyt huoneen pimentämiseen, yöthän olivat jo melko pimeitä näin elokuussa. Kömmin sänkyyni

51

lämpimän peiton alle, vilkaisin vielä kelloa, se näytti olevan yhdeksän illalla. Päätin hieman lukea mukaan ottamaani harlekiini- kirjaa, ennen kuin sammuttaisin valot ja nukahtaisin ruususen uneen.

4

1990

*K*esäloma oli juuri alkanut. Istuin Turkuun menevässä pikajunassa ja tunsin, kuinka sydämeni pamppaili kumman levottomasti rinnassani. Miksi tunsin näin, siihen en osannut mitenkään vastata. Miksi tämä junakin hidasteli, kulkisi jo hieman nopeampaa. En oikein osannut keskittyä mihinkään. Levottomuuteni vain kasvoi ja kasvoi sitä mukaa kun tämä juna eteni. Mielestäni junan vauhti ei ollut mitenkään päätä huimaavaa ja mieleeni hiipi sekin ajatus, ettei Toni enää jaksaisi kovinkaan kauaa odotella ja oli varmaankin jo lähtenyt, kun tämä piinaavan hidas pikajuna saapuisi Turun rautatieasemalle, olihan tämä juna jo monta minuuttia myöhässä. Kunpa tämä juna voisikin saada pian kiinni ne menetetyt minuutit. Toivoin hartaasti, että rakkaani jaksaisi odottaa minua ja sitä että, tämä levoton mieleni jättäisi minut pian rauhaan, enkä enää kuvittelisi mitään ikävää tapahtuvan...

* * * *

Olin opiskellut ahkerasti menneenä syys- ja

kevätlukukaudella. Näimme Tonin kanssa vain viikonloppuisin. Ennen joulua täytin kahdeksantoista vuotta. Samoihin aikoihin Tonikin tuli täysi-ikään. Mitään kuhnailematta hän oli ajanut ajokortin ja ensitöikseen hän halusi ajeluttaa minua ympäri Raision ja Turun keskustaa, se olisi hänen syntymäpäivälahjansa minulle. Isäni lupautui lainaamaan upouutta valkoista Volvoaan, työsuhdeautoaan, joten niin me lähdettiin ajelemaan. Tuntui, että pääni menisi aivan pyörryksiin, koska Toni ajelutti minua aivan oudoilla slummialueilla. Hän näytteli Volvoa, kuin se olisi ollut hänen oma autonsa. Loppujen lopuksi hän kurvasi erään grillin luo, jossa me söimme hampparit ja palanpainikkeeksi joimme limonadipullon puoliksi. Syötyämme pyysin, kauniisti, jotta Toni veisi minut takaisin kotiin. Kotiin saavuttuamme, hän kurvasi kaasulla hieman ylämäessä sijaitsevan kotini pihamaalle. Autosta poistuttuaan hän aukaisi kuin herrasmies pelkääjänpuoleisen oven ja odotti, hän odotti, että sain noustua autosta ja sulki oven sen jälkeen. Hymyilin hänelle, halasin tuota komistusta ja kuiskasin hänen korvaansa: - Tulisitko sisään kanssani. Äiti on kuitenkin keittänyt jo synttärikahvit, tarjolla olisi kakkuakin. Toni ei vastannut ääneen, vaan nyökkäsi myöntävästi. - Kai me saadaan olla kahdestaan huoneessasi? Hän kysyi.

- Joo, saadaan olla, vastasin hymyillen.

- Voit varmaankin jäädä jopa yöksi, jatkoin lempeästi.

- Oi ihana prinsessani, Toni sanoi ja syleili minua kiihkeästi.

Kuulin, kuinka eteiseen lähestyivät määrätietoiset askeleet, isä, ajattelin. Irrottauduin Tonin käsivarsilta ja yritin peitellä punaa kasvoillani. Määrätietoisten askelien ääni lakkasi toviksi, ovi aukaistiin ja isä seisoi edessämme täyttäen koko oviaukon miehekkäällä olemuksellaan.

- Te tulitte viimein. Minä ja äiti olemme menossa kaupungille heti kahvin jälkeen. Onko autossa riittävästi bensaa? Isä sanoi ja tarkoituksella vihaisen kuuloisesti, nostattaen arvovaltaansa Tonin silmissä. Viimeinen kysymys oli tarkoitettu Tonille, samalla hän katsoi tuimasti syvälle nuoren miehen silmiin.

- Joo, on bensaa. Tankattiin juuri ennen, kuin lähdimme ajamaan Turusta takaisin Raisioon, Toni vastasi aivan kuin isäni uhkaava olemus ei olisi häneen mitenkään vaikuttanut. Itse olisin varonut sanojani tuossa tilanteessa, niin kuin aina olen tähänkin asti tehnyt. Kunnioitan isääni suuresti ja vielä enemmän äitiäni, mutta tunnen, että tuohon kunnioitukseen isääni kohtaan liittyy pienoinen pelko. Isän olemus vaan oli niin arvosteleva ja määrätietoinen jo vastuullisen työnsäkin takia, äiti puolestaan oli paljon lempeämpi kuin isä minua kohtaan. Tuntui, että pikkuveljeni saivat isältä enemmän hyväksyntää kuin minä, tai niin tämä nuori naisen alku ajatteli asemastaan.

Sisään päästyämme riisuimme kenkämme

eteiseen ja toppatakkimme takkikaappiin. Kävelimme vieretysten portaita pitkin ylä- tasolle sijaitsevaan keittiöön, josta jatkoimme matkaamme ruokailutilaan. Avara tila oli sisustettu tavallisilla valkoisilla keittiökalusteilla, johon kuului pöytä ja sen ympärillä tyyliin kuuluvat tuolit. Koko kalusto näytti päälisin puolin halvalta, mutta se oli kaukana halvasta huonekaluliikkeen kalustosta. Kaiken kruunasi suuri metallinen kattokruunu kristalleineen, joka komeili ruokailutilan katossa. Tunsin joka kerta, kun Toni tuli meille, että hän tunsi itsensä melko ulkopuoliseksi meillä, tein kaikkeni hänen olonsa helpottamiseksi, hymyilin ja halasin häntä meillä usein.

Äiti oli kattanut pöytään taas parhaimmat kahvikuppinsa ja lautasensa puhtaan valkoisen liinan päälle. Keskellä pöytää komeili juhlan pääherkku täytekakku ja kakun vieressä pino voileipiä, pullapitko ja mehukannu, jossa oli isoäitini tekemää kotimehua mustaviinimarjoista. Hieman laidempana pöytää kauniissa lasimaljakossa oli valkoisia krysanteemeja, en oikeastaan välitä noista krysanteemeista, mutta kauniiltahan ne näyttivät tuossa pöytäkattauksessa, sopii, ajattelin mielessäni.

Siinä erittäin kauniisti katetun pöydän ääressä nautimme hyvästä synttärikahvitarjoilusta. Rohkaisin mieleni ja kysyin vanhemmiltani, hieman ääneni väristen.

- Saako Toni jäädä täksi yöksi?

- No toki saa jäädä, vastasi äiti.

Tosin, kun vilkaisin isäni arvostelevaa ja nyrpeää ilmettä, tiesin heti, mitä mieltä isä oli tästä yö kyläilystä.

- Kiitos äiti, vastasin riemusta kiljahtaen.

Tonikin sai pienen hymyn virneen aikaiseksi kasvoilleen. Kahvit juotuamme Toni soitti kotiinsa ja ilmoitti jäävänsä yöksi.

* * * *

Kuluneena talvena tunsin olevani onneni kukkuloilla, mutta nyt tunsin epämääräisen jännittynyttä tunnetta ja olin harvinaisen levoton. Viime aikoina puhelut Tonin kanssa olivat olleet tunteettomia ja tuntui siltä, että hän olisi pakonomaisesti soittanut minulle. Hänen äänensävynsä puheluissa oli ollut välinpitämätön ja juuri sen takia istun nyt tässä junassa hyvinkin levottomana.

Pitkä ja piinaavan hidas junamatka päättyi vihdoin. Näin junan ikkunasta, kuinka Turun kaupunkialue ilmestyi pikkuhiljaa palapalalta ripotellen pelto aukeamien ja metsäosuuksien jälkeen. Juna hidasti vauhtiaan vielä entisestään ja pian se olikin jo asemalla. Poistun tuosta tunkkaisesta junasta raahaten tällä kertaa vain punaista urheilulaukkuani.

Taakka laukussani ei ollut keventynyt mitenkään ensimmäisestä matkastani viime vuoden elokuusta. Päinvastoin, nyt kun kesäloma oli alkamassa, niin laukun painoa lisäsivät myös liinavaatteet ja ruoat asuntolan jääkaapista. Sekä raskas paino harteillani ja pistävä viilto rinnassani. En tiennyt mitenkään, miten Toni minut ottaa asemalla vastaan vai oliko hän ollenkaan minua vastassa.

Viimein huomasin tutun Datsunin kurvaavan aseman eteen ja pysähtyvän kohdalleni. Toni astui ulos autostaan ilmeettömänä. Mitään sanomatta, edes suudelmaa antamatta otti urheilulaukkuni kädestäni ja survoi sen tunteettomasti autonsa takaluukkuun, jonka jälkeen hän palasi kuskin paikalle. Itse aukaisin pelkääjänpuoleisen oven ja istahdin mustalla sisustettuun Datsuniin. Auto kuulsi uutuuttaan, vaikka se oli ollut Tonilla käytössä jo kaksi kuukautta. Hänellä oli ollut mahdollisuus hankkia autonsa säästöillään, koska hänen ansionsa olivat parantuneet työpaikan vaihdoksen vuoksi. Hän ei ollut enää puutarhalla töissä, niin kuin minä koko tulevan kesäloman, vaan hän oli oppipoikana pienessä kaupassa Turun keskustan lähettyvillä.

* * * *

Toni painoi määrätietoisesti kaasua. Hieman säikähdin äkkilähtöä. Luulin, että olisimme kääntyneet vasemmalle aseman risteyksestä, mutta hän päätti kääntyä oikealle, josta myös pääsisi Raisioon ja sieltä Iivariseen. Seurasin liikennettä pelkääjän paikaltani. Autoja kulki ristiin rastiin, tuntui välillä, että jotkut autoilijat ajoivat holtittomasti päin punaisia, mutta enhän minä liikennesäännöistä mitään ymmärtänyt, kun ei ollut ajokorttiakaan. Näkökenttääni osui tiekyltti, jossa luki Satama, Pansio, Perno, Ruissalo ja Raisio. Mietin mielessäni, mihinkähän Toni oli ajatellut minua viedä. Päästyämme sillan yli, jonka alta kulki tie Ruissaloon. Sen tien vieressä kulki rautatie satamaan. Melko pian tajusin mihin olimme menossa. Katsoin Tonia hieman uteliaana ja rohkaistuin kysymään häneltä; -Miksi me ajetaan Ruissaloon? Toni ei vastannut heti, näin kuinka nuoren miehen aivoissa olevat rattaat raksuttivat ja tekivät ylimääräistä työtään. Toni selvästikin mietti tarkkaan, mitä hän voisi minulle sanoa.

- Minulla on sinulle kerrottavaa, hän sai lopulta suustaan sanotuksi, eikä sen enempää halunnut avautua sillä hetkellä.

En sanonut enää sanaakaan, sillä lyhyeksi jäänyt lause riipaisi mieleni syövereissä, keskityin vain katselemaan maisemia. Ruissalo näytti kauneimmat alkukesän kasvonsa ja aurinko paahtoi kuumasti pilvettömältä taivaalta. Tammet, tuomet, saarnet, poppelit ja vaahterat reunustivat Ruissalon kiemurtelevaa saaristotietä. Niiden oksat kaartuvat kauniisti tien yli muodostaen sadunomaisen vihreän tunnelin ja kun oikein tarkkaan katsoi voi nähdä, kuinka niiden välissä vilahteli toinen toistaan upeimpia vanhoja puuhuviloita, Villoiksi niitä kutsuttiin. Usein Ruissalon tiellä kulkiessani kuvittelin asuvani joissakin noista upeista huviloista.

Nämä huvilat huokuivat saaren historiaa. Saatoin jopa juuri tälläkin hetkellä kuvitella sinne jonkun kartanon herran 1800- luvulta ja kartanon rouvan, jotka käyskentelisivät lapsiensa ja lastenhoitajiensa kanssa kartanon pihamailla.

Ajettuamme puoli tuntia tuota upeaa ja kulttuurihistoriallista mutkaista tietä saavuimme leirintäalueelle, jonka jälkeen avautui upea avomeri ja upea valkoinen hiekkaranta mikä antaa paljon mahdollisuuksia erilaisille harrastuksille. Vaaleana hohkaava hiekkaranta oikein kutsui nuorisoa viettämään aikaansa muiden kanssa ja juhlimaan. Nyt ranta ammotti tyhjyyttään, sillä merivesi oli vielä liian kylmää uimiseen. Aurinko lämmitti ihanasti ja alku kesän lempeä tuulenvire hyväili hiuksiani poistuessamme autosta. Datsunin jätimme hieman kauemmas rannasta, sillä autoa ei pidemmälle saanut pysäköidä, sen varmisti kettinkinne ajopuomi, joten kävelimme hiekkarannalle. Vielä hieman viileä hiekka meni sandaaleistani sisään ja alkoi hiertää jalkojani, vaikkakin minulla oli sandaalien lisäksi ohuet nilkkasukat jalassani. Rannalle päästyään Toni aukaisi suunsa ja otti minua kädestäni kiinni.

- Susanna, hän aloitti. Aluksi hän katsoi minua suoraan silmiin, mutta sitten hänen katseensa alkoi kyntää ulapan seesteistä pintaa, meri oli tyyni, mutta minun sisimmässäni oli nousemassa myrsky. Tunsin, kuinka tunteet alkoivat kuohua ja toivoin, ettei Toni sanoisi enää sanaakaan.

- Susanna, hän toisti. - Miten sanoisin tämän?
Irrotin käteni hänen kädestään ja käänsin katseeni
muualle.
- No sano nyt sanottavasi, kun kerran tänne rannalle
asti piti ajaa. Sanoin tuntien yhtä aikaa riistävää
tunnetta sisimmässäni, mutta kuitenkin palavaa halua
kuulla, mikä tuon miehenalun mieltä painaa.

- Olen pettänyt sinua, Toni laukaisi lauseen nopeasti
ja näytti siltä, kuin olisi odottanut minun lyövän häntä
avokämmenellä kasvoihinsa. Mieleni teki lyödäkin,
mutta se ei kuulunut minun luonteeseeni. Minä aloin
itkemään, itkin vuolaasti. Silmistäni virtaava
kyynelien putous kastoi vaaleanpunaisen
kesämekkoni läpikotaisin. Toni yritti ottaa minut
syleilyynsä, mutta minä pakenin kauemmaksi hänen
kosketustansa. Ei, nyt ei ole oikea aika lohduttaa, en
halunnut sitä.

- Kuinka saatoit, sain loppujen lopuksi sanottua, - vie
minut heti kotiin, sanoin ja lähdin juoksemaan kohti
punaista autoa, joka odotti hiekkarannan laidalla.
Toni juoksi perässäni ja yritti selitellä kovasti jotain, en
kuullut sanaakaan. Ajattelin vain mielessäni; sen kun
selität.

Avasin pelkääjänpuoleisen oven, istahdin sanaa
sanomatta mustalle penkille ja läimäytin oven
jäljestäni kiinni. Toni huusi: - Älä paiskaa ovea. Ei tämä
mikään traktori ole. Minua ärsytti hänen tokaisunsa,
nyt minua ei pätkääkään kiinnostanut hänen rakas
autonsa. Minua ei kiinnostanut hajoaisiko auton ovi

nyt vai joskus toiste.

- Turpa kiinni ja vie minut kotiin, äläkä sano sanaakaan! Meidän juttumme on nyt ohi, tajuatko sinä!

Huusin naama punaisena vastaukseni. Toni ei sanonut enää sanaakaan, vaan istuutui kuskinpaikalle ja laittoi turvavyönsä kiinni, jonka jälkeen hän käynnisti auton ja painoi kaasupoljinta niin että renkaat sylkivät soraa lähtiessään liikkeelle.

Pitkältä tuntuva automatka oli meidän viimeinen. Sieluni oli rikki. Tuntui kuin sydän olisi riistetty rinnastani, tunsin sanoinkuvaamatonta tuskaa. Koko ajomatkan olin aivan hiljaa, en sanonut sanaakaan, eikä myöskään Toni. Hän ei uskaltanut edes katsoa minuun tai edes kysyä, kuinka voin.

Kotipihalleni saavuttuamme kylmästi kiitin Tonia kyydistä. Otin urheilulaukkuni auton takaluukusta ja lähdin kävelemään rivakoin askelin ulko-ovea kohti, enkä kääntynyt kertaakaan katsomaan tuota pientä autoa, en halunnut, toivoin vain, että Toni häipyisi pihaltamme mahdollisimman nopeasti. Minkä nuori komistus tekikin mitään sanomatta. Kaasutti vain sora lentäen renkaiden alla, mitä nyt äkkinäinen kaasuttaminen sai aikaan soraisella tiellä. Äiti oli aukaissut ulko-oven ja nähnyt koko näytelmän. Kävelin vain suoraa päätä ovesta sisään raahaten painavaa laukkuani. Tosin huomasin äitini ilmeestä, että hänelle oli herännyt monta kysymystä minun ja Tonin tulehtuneesta välistä.

- Tiedoksi vain: me ei seurustella enää, sanoin ennen kuin äiti ehti kysyä mitään. Heitin kassini eteisen laattalattialle. Sinä aikana äiti oli jo sulkenut ulkooven jäljestäni kiinni. Aloin itkeä vuolaasti. Äiti halasi minua lämpimästi, minulla oli hyvä olla siinä. Pienen kyynelkanavien tyhjennyskohtauksen jälkeen ja äitini lohduttaessa, aloin vain hieman nyyhkyttämään.

- En ikinä enää rakastu kehenkään näin syvästi, miehet näyttävät vain pettävän, pitävän pilkkanaan ja tyhmänä. Minua ei kukaan enää rakasta, sain sanotuksi nyyhkytykseni lomasta.

- Susanna, pieni tyttöni, äiti aloitti, - ei kaikki miehet ole ilkeitä ja pettäjiä, hän jatkoi, - sinä kyllä löydät vielä sen oikean.

En uskonut äitini sanoja, mutta hänen kauniit sanansa saivat minut rauhoittumaan hetkisesti. Aukaisin eteisen välioven ja astuin äidin perässä peremmälle taloomme.

Pikkuveljet huikkasivat omasta huoneestaan: - Moro systeri.

- Moi, vastasin takaisin. Huomasin, ettei isä ollut vielä kotona. Olin siitä suuresti huojentunut, ettei hän ollut kotona eikä päässyt näkemään tätä kaikkea, saatikka tokaisemaan; mitä minä olen sinulle sanonut. Menin huoneeseeni ja laitoin huoneeni oven kiinni. Heitin urheilulaukkuni alasängylle, jonka jälkeen kiipesin parvelle johtavia melko jyrkkiä rappusia pitkin ylös. Läsähdin parvella sijaitsevaan sänkyyni ja aloin vuolaasti itkemään.

5

1991

$\mathcal{U}$usivuosi ja uudet kujeet, niinhän sitä

sanotaan. En vain saanut mielestäni Tonia millään. Minua oli loukattu syvästi -liian syvästi, kuinka voinkaan enää uskoa kehenkään mieheen, kehenkään vieraaseen ihmiseen. Toni, et tiedä, mitä olet saanut aikaiseksi. Sydämeeni sattui ja vaivuin taas tuttuihin varjoihin, joissa tunsin olevani turvassa, piilossa syyttäviltä katseilta ja pilkkaavilta ilkeiltä lauseilta. En koskaan voinut enää paljastaa omia tunteitani, olin rikki vieläkin, vaikka Tonin rukkasista oli kulunut jo puolisen vuotta.

Istuin jälleen kerran junassa, matkalla opinahjooni Hirvikalliolle. Valitsin jälleen kerran sen vapaana olevan neljän penkin pöytäpaikan ja jo tutuksi tullut konduktööri tuli kohdalleni tervehtien iloisesti. - Hei! Vastasin hieman liikaa ajatuksiini vajoten. - Saisinko matkalippunne? Olkaa hyvät, Konduktööri sanoi säkenöivästi hymyillen. Minusta mies hymyili liikaa. Eikö hän ole koskaan huonolla tuulella? Vaimo tiettävästi pitää hyvää huolta miehestään ja he olivat varmaankin eläneet yhdessä jo pitkän ja ihanan elämän ja kenties vieläkin syvästi rakastuneita toisiinsa.

Kaivoin matkalippuni juuri ostamani, ruusukuvioisen reppuni sivutaskusta ja ojensin lipun sievin pikkukätösin konduktöörin suureen turvallisen oloiseen kouraan. Miehen toisessa kädessä oli leimasin, jolla hän teki lipun kummallekin sivulle leimajäljen, siitä näki, milloin lippua oli käytetty. Olemukseltaan iloinen konduktööri jatkoi kulkuaan loputtoman tuntuista, ahdasta junankäytävää pitkin. Minä puolestaan laitoin punaisen kukkaroni takaisin reppuni sivutaskuun ja keskityin katselemaan jälleen perin suomalaista talven lumista maalaismaisemaa, joka vilisi ikkunani ohitse junan vauhdin mukaan. Ihailin ohi kiitävien havupuiden oksia, jotka olivat saaneet hienon lumipeitteen. Koivunoksatkin oikein nuokkuivat lumen liikapainosta, sekä pellot olivat saaneet kauniin lumikuorrutteen. Järvien ja jokien pinnat kiilsivät hentoisineen jääpeitteineen ja lumen pinta kimalsi auringonvalossa aivan kuin sen pinnalla olisi tuhansia ja tuhansia pieniä hopeahileisiä tähtiä. Joka aseman kohdalla junan kyytiin nousi toinen toistaan viluisempia matkustajia, jotkut olivat pukeutuneet toppahousuihin ja liian isoihin toppatakkeihin, sekä Maxi -kaulahuiveihin, korviin asti vedettyihin tupsupipoihin ja jaloissaan heillä oli toppasaapikkaat. Näky sai minut hymyilemään ja unohdin hetkeksi viime kesän dramaattisen pettymyksen. Juna jatkoi matkaansa puskien tieltään kaiken lumen, joka oli viime yön jäljiltä kertynyt radalle. Viimein jo ikuisuudelta tuntuva junamatka päättyi. Huittisten asema tuli esiin pitemmän metsäosuuden jälkeen ja juna pysähtyi ihan aseman eteen. Siitä oli helppo juosta suoraan linja-autoon, eikä tarvinnut raahata reppuani ja urheilulaukkuani liian pitkän matkaa. Tällä kertaa juna oli lumitaakasta huolimatta viisi minuuttia etuajassa.

Linja-auto oli jo laiturissaan odottamassa koulun oppilaita ja muita kyytiläisiä. Nousin tottuneesti auton kyytiin, jossa luki Huittinen – Hirvikallio. Huomasin auton olevan taas kerran aivan täynnä. Näki selvästi, että joululoma oli ohi ja samalla uusi vuosi. Miten minusta tuntui, että opiskelijoiden taakka heidän laukuissaan oli vain kasvanut, jokainen varmaan halusi näyttää omat uudet vaatteensa ja tavaransa, joita saivat jouluna lahjaksi.

* * * *

Oli tammikuu, kovimpien talvipakkasien aikaa. Olin täyttänyt yhdeksäntoista edellisenä vuonna ennen joulua. Alkamassa oli kevät lukukausi, joten päätin keskittyä tuohon toiseksi viimeiseen lukukauteen tosissani, olihan edessä työharjoittelujakso ja gradun loppuunsaattaminen. Päätin jo tyystin unohtaa ikävät asiat, menneen ajan piinaavat haamut ja alkaisin kokoamaan nuoren elämäni pirstaloituneet sielunpalaset paikoilleen.

66

Päätin viimein keskittyä itseeni ja tähän päivään, sekä ottaa päiväkerrallaan, enkä ruikuttaisi menetetyn ensirakkauteni perään. Päätin lopullisesti unohtaa hänet.

Linja- auto kurvasi jo tutuksi tulleeseen kaupan pihalle. Auto tyhjeni kokonaan tällä kertaa ja kuski toivotti jokaiselle poistujalle yksi kerrallaan hyvää päivän jatkoa. Sulki viimeisen autosta poistujan jälkeen ovet ja jatkoi matkaansa kiemurtelevaa tietä pitkin. Lumi narskui jalkojeni alla ja pakkanen puri lujaa poskipäitäni ja nenänpäätäni. Kiirehdin askeleitani, jotten paleltuisi aivan kokonaan. Ylläni oli sisävaatteiden päällä valkoinen untuvatakki, kaulassani äidin kutoma leveä sininen kaulahuivi, päätäni suojasi tupsuton pipo, jonka äiti oli myös kutonut, sekä käsissäni samaan sarjaan kuuluvat lapaset ja jalkojani lämmittivät valkoiset toppakengät. Koska jalassani oli vain kivipestyt farkut, olin jaloistani jo melkein kylmettynyt, kun saavuin asuntolaan ja huoneeseeni. Huomasin huonetoverini Julian makoilevan sängyssään beigen värisen päiväpeiton päällä ja lukevan tytöille tarkoitettua muotilehteä.

- Moi! Miten joululoma meni? Tiedätkö mitä tapahtui joulun aikaan? Katso minä menin kihloihin. Julia sanoi silmät kiiluen, kuin tuhannet tuikkivat tähdet taivaan sinisissä silmissään. Samalla hän ojensi vasemman kätensä ja näytteli kultaista sormustaan, joka komeili käden nimettömässä. Katsoin sormusta, se näytti melko yksinkertaiselta, muuten sileä ja kultainen sormus, mutta yksinkertaisuuden rikkoi yksi pieni timantti.

- Onneksi olkoon, sanoin näytellen aidosti ilahtunutta, - kaunis sormus, jatkoin.

- Joo, eikös tuo olekin ja arvaa, paljonko Rampe joutuu tästä pulittamaan?

- No en tiedä, varmaan aika paljon, vastasin neutraalilla äänensävylläni.

- Joo, ainakin kolmesataa markkaa, Julia jatkoi.

Hän huomasi minun alakuloisen ilmeeni.

- Ai anteeksi, minä vain tässä hehkutan minun onneani ja sinä vieläkin haikailet murheissasi sen Tonisi perään, hän sanoi lopulta. Nyökkäsin vaitonaisena, samalla purin laukkuani. Untuvatakin olin jo heittänyt omalle sängylleni. Pipon, hanskat ja kaulahuivin heitin takin viereen ja toppakengät olin potkaissut oven puoleiseen nurkkaan.

- Ai niin, melkein unohdin kysyä. Haluaisitko tämän viikon keskiviikkona lähteä minun kanssani Huittisten Hotellille tanssimaan? Siellä on tosi mukava meno, joka keskiviikkoilta. Säkylän solttupojatkin viettävät siellä iltavapaitaan. Ihana huonetoverini sanoi ylipirteällä äänensävyllään.

Tovin mietittyäni vastasin myöntävästi, jos vaikka mieletön bilettäminen saisi minut unohtaman Tonin.

* * * *

Viimeinkin se kauan odotettu keskiviikon ilta koitti. Laitoin pitkiin kuparinvärisiin luonnonkihariin hiuksiini mustan ohuen pannan ja meikkasin hieman vain korostaakseni siroja kasvonpiirteitäni, en halunnut herättää turhaa huomiota. Puin ylleni vaaleansiniset pillifarkut, jotka olivat hieman repeytyneet polvieni yläpuolelta ja paidaksi valitsin 70- lukuhenkisen trumpettihihaisen beigen värisen tunikan, se oli riittävän lämmin ja sopivasti antava pusero, juuri sopiva tähän aikaan vuodesta. Koska ulkona oli talvi ja pakkanen paukuttaa nurkkia, valitsin mustat kiiltonahkasaapikkaat suojaamaan sieviä jalkojani. Huokaisin helpotuksesta sillä olin ajatuksissani pakannut saapikkaat kassiini, taisin jo aavistaa, että Julia ehdottaa pientä piristävää illalla. Pidin kovasti niistä saapikkaista, sillä niissä oli juuri sopiva korko, niillä en ainakaan helposti katkoisi siroja nilkkojani. Julia oli jo aikoja sitten ollut lähtövalmiina, hänen vaaleat polkkahiuksensa olivat sievästi krepattu hiusraudalla. Hän oli meikannut silmänsä räikeästi mustalla ja sinisellä luomivärillä, silmäripsissäkin näytti olevan turhankin paksusti maskaraa. Hänen poskissaan räikeä poskipuna korosti hänen korkeita poskipäitään ja hänen huulensa oli maalattu räikeästi mustalla huulipunalla. En ollut tuntea tuota yleensä hyvinkin hillittyä huonetoveriani. Hänellä oli yllään mustat nahkahousut ja korkeakorkoiset kiiltonahkasaapikkaat ja mustan pikkujakun alla hänellä oli pikkutoppi. Ajattelin mielessäni, mitäköhän tästä kaikesta oikein tulee? Miksi Julia oli laittautunut tuolla tavalla, jos hän kerran oli kihloissa

Rampen kanssa?

Ennen ulos lähtöä, pikkukäsilaukut olallamme ja talviset toppatakit yllämme, tarkistimme linja-auton aikataulun, näytti lähtevän kaupanpihalta puoli yhdeksältä. Kello oli nyt tasan kahdeksan, joten kerkeäisimme juuri ja juuri tuohon puolelta lähtevään autoon.

Asuntolasta ulos päästyämme aloimme juosta hiuksemme hulmuten ja liukkaalla jäällä liukastellen kohti neljän sadan metrin päässä sijaitsevaa kaupan pihaa. Koska meillä ei ollut pipoja matkassa, tuntui kuin aivomme olisivat jäätyneet tässä kylmän hyisessä viimassa. Kun lähestyimme kaupan pihaa, näimme linja-auton jo seisovan siellä, kiirehdimme askeleitamme entisestään. Auto oli käynnissä koko ajan, jotta se pysyisi lämpimänä. Niin kylmä tämä tammikuinen keskiviikkoilta oli.

Linja-auto liukasteli mutkaisella tiellä, joten jokaisessa kurvissa tuntui, että nyt ajetaan ojaan ja lujaa, vaan jotenkin kuski sai pidettyä ison ajokkinsa hallinnassa. Tämä jännitysnäytelmä kesti onneksi vain kaksikymmentä minuuttia. Pian jo huomasimme Julian kanssa olevamme Huittisten keskustassa, painoimme ajoissa nappia pysähtymisen merkiksi ja hetken päästä taitava linja-auton kuljettajamme pysäytti ajokkinsa kadunlaitaan pysäkin kohdalle. Kiitimme kuljettajaa turvallisesta kyydistä ja astuimme ulos autosta. Meinasin heti liukastua jäisellä jalkakäytävällä, onneksi aina niin valpas Julia tarttui minua tukevin ottein oikeasta kyynerästä. Katsoin huojentuneena Juliaa silmiin ja kiitin häntä tuosta pelastavasta eleestä. Hotelli oli ihan pysäkin vieressä, ei tarvinnut sen enempää liukastella jäisellä käytävällä. Kohtelias portsari aukaisi meille oven ja sisälle päästyämme maksoimme samalle rotevalle portsarille sisäänpääsymaksun, johon meni kymmenen markkaa. Ajattelin, että tällä opiskelijabudjetilla ei voi enää sen kummoisempia juomia nautiskellakaan. Jätimme takkimme narikkaan ja aloimme pälyilemään ympärillemme. Iloikseni huomasin tämän diskon olevan hyvin miellyttävä paikka. Tanssilattia oli tämän tilan perällä ja juomatiski heti vasemmalla, ovesta sisään tullessa. Juomatiski oli tyyliltään eleganttinne: tummaa, kiiltävää ja punertavaa mahonkia. Tiskin takana komeili koko seinän peittävä peili ja peilin alla oli sievässä rivissä, jos jonkinlaista sorttia alkoholijuomapulloja. Lattia oli vaaleaa parkettia, sitä suojasi upea käytävämatto, mikä oli väriltään kauniin tumman punaruskean sävyinen ja sen materiaalina ihanan pehmeää angoravillaa. Sillä matolla oli miellyttävä kävellä, se vaimensi sopivasti korkojen kopinaa. Tiskiä vastapäätä oli pitkä rivi istumapaikkaryhmiä, joissa penkit olivat puolikaaressa ja jokaisen istumapaikkaryhmän keskellä kuusikulmainen tummamahonkinen pöytä. Noiden kulmasohvien istuinmateriaalit näyttivät olevan samaa tumman punaruskean sävyistä kuin

71

matto, mutta samettikangasta. Koko komeuden kruunasi kolme metallista kattokruunua ja tanssilattian diskovalopallot. Kattokruunujen takia tunnelma oli kuin olisi ollut kirkossa, vaan eipä oltu missään kirkossa vaan diskossa.

Vielä menopaikka tuntuu melko tyhjältä, DJ soitti disko- popia kaiuttimista paikalle tulleille kuulijoille. Julia kävi ostamassa meille ensimmäiset siniset enkelit ja minä istahdin puoliväliin tuota istumapaikkariviä. Julia tuli perässä ja istuutui viereeni, mutta ei liian lähelle, ettei kukaan vaan luullut mitään epämiellyttävää. Rupattelimme niitä näitä ja nautiskelimme ihanan makeita drinksujamme.

Silmäilin juuri ympärilleni ja juuri, kun vilkaisin narikoiden suuntaan, huomasin ryhmän sotapoikia.

- Minä menen nyt vessaan, Julia sanoi. Olin paniikissa ja yritin nykiä hänen puseronsa helmasta.

- Ei. Onko sinun juuri nyt mentävä vessaan, sanoin epätoivoisesti, hieman paniikissa myös.

- Joo, juuri nyt täytyy mennä. Hän sanoi ja hymyili veikeä ilme kasvoillaan.

Ei mennyt kovinkaan kauan, kun kahdeksan sotapoikaa varusmiespuvuissaan istahti meidän pöytäämme.

- Mitäs flikka? Yksi pojista sanoi ylimielisesti.

- Eipä kummoisia. En oikein tajua, miksi poikien pitää aina olla noin omahyväisiä, törkeästi vain istahtivat

72

pöytäämme, eivätkä kysyneet lupaa.

Vilkaisin koko ajan, joko Juliaa näkyisi, eipä näkynyt. Jokainen poika pöydässämme yritti vuorotellen pokata minua, vaan ei minua moinen kiinnostanut, paitsi yksi poika, joka istui ihan hiljaa. Me vain katselimme toisiamme. Hän oli mielestäni tosi komea; lyhyet, vaaleat luonnonkiharat hiukset, siniset silmät ja tummat silmälasit nenällään. Olin aivan myyty. Meitä alkoi jo hieman ärsyttää muut liehittelijät.

- Voisitteko mennä muualle istumaan, mysteeri poika sanoi. Toiset alkoivat hieman kiusoittelemaan toveriaan, vaan lopulta he suostuivat.

- Annetaan Jukan ja tytön tutustua rauhassa, sanoi yksi pojista. Jukka, ajattelin mielessäni, tuon viattoman näköisen pojan nimi oli siis Jukka. Toiset siirtyivät viereiseen pöytään istumaan ja minä jäin Jukan kanssa kahdestaan tähän pöytään. Esittelimme toisemme ja pian jo juttu näytti sujuvan meillä. Julia tuli vihdoin ja viimein vessasta.

- Kylläpä sinulla kesti, sanoin.

- Niin, muuten tässä on Jukka, jatkoin.

- Näköjään, Julia vastasi. Hän otti oman cocktail - lasinsa käsiinsä ja nappasi oman käsilaukkunsa selkäni takaa, jonne hän oli lykännyt laukkunsa ennen vessaan lähtöään.

- Susanna, ethän ota pahaksesi, jos minä siirryn noiden toisten poikien pöytään. Hän sanoi ja loi minuun salaperäisen hymyn.

- No, jos sinun on ihan pakko mennä, sanoin.

- No tavallaan on pakko, yksi noista pojista on Rampe. Julia vastasi.

Katsoin Julian perään, hänen siirryttyään toiseen pöytään. Näin hänen istahtavan tummahiuksisen sotapojan syliin.

- Tässä on minun kihlattuni, Julian alla istuva poika sanoi ylpeästi ja antoi selvän kuvan kanssakulkijoilleen, että tämä hyvännäköinen tyttö oli hänen ikiomansa.

* * * *

Ilta hotellilla sujui mukavasti, tanssimme paljon ja joimme sopivasti makeita drinkkejä. Minulla ja Jukalla meni niin mukavasti, että vaihdoimme jopa puhelinnumeroita. Tosin minä annoin kaksi numeroa, kotinumeroni ja asuntolan numeroni.

Joskus ihanakin ilta loppuu aikanaan. Jätimme pojillemme haikeat jäähyväiset, sillä meidän piti jo puolelta öin lähteä takaisin koululle, jotta jaksaisimme aamulla herätä ajoissa ensimmäiselle oppitunnille, joka tosin alkoi vasta puoli yhdeksältä, joten hyvinhän vielä kerkeisimme nukkua riittävän pitkät yöunet. Niinpä tilasimme hotellin aulan puhelimesta taksin, sen saapumiseen ei mennyt tuosta soitosta kuin muutama minuutti. Minä ja Julia olimme kummatkin jo niin väsyneitä ja onnellisia, että lysähdimme taksin takapenkille ja hyräilimme "still lovin you": ta. Vaikka olin nauttinut suuresti sen komean sotapojan huomiosta, niin tiesin, etten tulisi näkemään häntä enää koskaan. Se ei oikeastaan minua haitannut, ei tällä hetkellä, jatkoin vain hyräilemistä Julian kanssa ja olin täysin rinnoin onnellinen. Asuntolan pihalla maksoimme taksimatkan puoliksi. Yritimme liikkua tosi äänettömästi, etteivät muut asuntolan asukkaat heräisi, vaan sekö meitä alkoikin kaksin verroin enemmän naurattamaan. Peitimme kätemme nopeasti toistemme suun eteen, jotta emme repeisi ääneen hekottamaan. Vaan kun pääsimme huoneeseemme ja olimme sulkeneet oven, purskahdimme räiskyvään nauruun, tuolle naurulle ei meinannut tulla loppua. Hetkisen kuluttua tilanne rauhoittui ja aloimme yö pesulle ja kömmimme omiin sänkyihimme nukkumaan.

6

1992

*H*elteisen heinäkuun lopun aurinko
paistoi kuumasti pilvettömältä taivaalta ja
mustavalkoiset pienet linnut liitelivät pääni
yläpuolella, välillä taitavasti syöksähdellen ja
äänekkäästi sirkutellen. Minä olin pyöräilemässä
puutarhalta kotiin päin. Sora sinkoutui pyörieni
pinnoista, osa läheiseen ojaan ja osa ajotielle. Toivoin
ja melkeinpä rukoilin, ettei vastaan tulisi yhtään
autoa, etten vain vahingossakaan rikkoisi jonkun
Volvon tai Mersun maalipintaa. Hiekkainen ajotie
loppui ja alkoi ihana asfalttitie, olin helpottunut sillä
soratien aiheuttama tärinä alkoi jo ottaa minun
käsiini.

Nautin hellivästä helteestä. Pienen
tuulenvireen takia kuumuus ei tuntunut enää niin
tuskaiselta, tosin olinhan jo hikoillut kahdeksan tuntia
kasvihuoneen hiostavan paahtavassa kuumuudessa.
Vettäkin olin työpäivän aikana juonut kahden litran
lähdevesipullon verran, jostain kumman syystä minua
ei sen enempää tarvinnut käydä tarpeillani kuin

normaalisti. Taukojakin olin pitänyt tunnin välein. Taukojen aikana menin aina ulos "viilentymään", ilmahan tuntui paljon viileämmältä ulkona kuin sisällä kasvihuoneessa, vaikka ulkolämpötila läheni plus kahtakymmentäneljää celsius astetta. Onneksi tien laitaa varjostivat paahtavalta auringolta suuret koivut, haavat ja tammet. Olin iloinen, että työmatka ei kestänyt puolta tuntia kauempaa polkupyörällä. Mietin pyörämatkan aikana haikeana, että tämä kesä oli minun viimeinen kesäni, kun olisin tuolla puutarhalla töissä. Valmistun ensi joulukuussa Hirvikallion oppilaitoksesta lastenhoitajaksi, joten tämä kesä ja ensi syksy olisi minun viimeinen kertani, kun työskentelisin puutarhalla. Olin myös hyväksynyt sen, että Tonilla oli toinen tyttöystävä. Me olimme pysyneet silti hyvinä ystävinä ja meillä oli pieni jengi, joka aina puolenyön aikoihin kokoontui Raisiossa olevan grillin luona, siihen jengiin kuului Tonin ja minun lisäksi hänen uusi tyttöystävänsä Pauliina, sekä hänen parhaat kaverinsa Jake ja Masa. Sovimme aina puhelimessa, milloin taas jengi kokoontuu.

* * * *

Kerran yhtenä lauantain ja sunnuntain välisenä yönä, päätimme taas tutun kaavan mukaan kokoontua grillin luona ilta yhdentoista aikaan. Olin mennyt ajoissa nukkumaan, jotta jaksaisin hillua taas koko pitkän yön tutun porukan mukana. Nukuin tietenkin päivävaatteet päälläni, jotta olisin valmiina, kun h-hetki koittaisi, ei menisi turhaa aikaa jälleen pukemiseen. Onneksi keskikesän yöt olivat lämpimiä ja valoisia. Minulla oli ylläni vain lyhyet revityt siniset farkkushortit ja löysähkö vaaleanpunainen T- paita. Illalla olin siistinyt varpaankynteni, leikannut ne ja lakannut vaaleanpunaisella kynsilakalla, samaan sävyyn T-paitani kanssa. Käsieni kynnet olin tällä kertaa jättänyt kokonaan hoitamatta, eihän minun enää tarvinnut Toniin tehdä vaikutusta. Laitoin herätyskelloni soimaan kymmeneltä illalla, tuossa ajassa ehtisin oikein hyvin laittautumaan yön seikkailuja varten.

Olin kerennyt nukahtamaan kunnolla ja olin juuri seilaamassa pilvilaivalla höyhensaarille, kun herätyskello pirisi. Olin niin syvässä unessa, että säpsähdin hereille. Aluksi olin hieman pökerryksissä, pian kuitenkin muistin, että pitäisi lähteä sinne jengin kokoontumispaikkaan. Kipusin kiireen vilkkaan alas parveltani. Aukaisin huoneeni oven hiirenhiljaa, sillä nukkuihan isä ja äiti minun huoneeni seinän takana. Äänettömästi, kuin intiaanityttö, laskeuduin alas alatasolle johtavaa portaikkoa pitkin kodinhoitohuoneeseen, sieltä vessaan, jossa pikaisesti tein vessatoimeni, pesin hampaani ja kampasin hiusharjalla hiukseni selviksi. Sen jälkeen laitoin sandaalit jalkaani ja aukaisin kodinhoitohuoneessa olevan ulko-oven hiirenhiljaa, yhtä hiljaa myös suljin sen. Kuljin talomme laidalla olevaa pientä polkua pitkin takapihallemme, jossa pitkä koko seinän

78

pituinen pyöräteline sijaitsi. Valitettavasti juuri vanhempien makuhuoneen ikkuna oli juuri tuon pyörätelineen kohdalla, joten kutkuttava tilanne toi oman haasteensa, vieläpä oma polkupyöräni sijaitsi kaikkien neljän polkupyörien keskellä. Yritin ottaa oman polkupyöräni hyvin hiljaa pyörätelineestä ja tietenkin eturenkaan piti juuri nyt osua telineen tukikaareen ja aiheuttaa pienen kirskuvan äänen. Pieni mitätön ääni sai minuun liikettä, sillä vanhempani eivät saa herätä. Helpotuksen vallassa ja etupihalle päästyäni aloin vimmatusti polkemaan uskollista polkupyörääni.

Viimein loputtomalta tuntuvan pyörämatkan jälkeen saavuin sovittuun tapaamispaikkaan, grillin pihalle. Huomasin tuttujen hahmojen jo olevan paikalla. Pauliina nojaili Tonia vasten, Masa ja Jake polttelivat hieman kauempana röökiä. – Moi! Sanoin kaikille tasapuolisesti ja nojasin Jaken kylkeen kuin olisin kaivannut hellää lämmittäjää. Siinä me kaikki neljä juttelimme niitä näitä ja nautimme vaaran tunteesta, jonka aiheutti paljastuminen itse teosta, tai jotain siihen suuntaan. Vielä enemmän meitä alkoi hermostuttamaan, kun huomasimme sinivuokkojen Maijan pysähtyvän meidän kohdallemme, jokaisen sydän rinnassa hakkasi ainakin tuhatta ja sataa, vaan jokaisen suu loksahti aluksi hämmästyksestä auki, kun kuulimme millä asialla poliisit olivat.

- Iltaa, aloitti toinen rotevamman oloinen miespoliisi.
- Iltaa, sanoi Toni.

- Onko tästä ajanut ohi tuollainen samanlainen Maija kuin meillä on? Jatkoi sama miespoliisi madalletulla äänensävyllään.

- Jaa, kun oikein aivonystyröitä vaivaa, niin kyllähän me tuollainen Maija nähtiin juuri ohi kiitävän hälytysvauhtia, Toni vastasi. Se oli totta, noin vartti ennen kuin sinivuokot pysähtyivät meidän kohdallemme, oli todellakin viilettänyt Maija meikäläisten ohi. Mitenköhän poliisit eivät muka tiedä, missä kollegansa viilettivät, olihan niillä radiopuhelimet sitä varten? Vastaus tulikin hyvin pian tuohon niin kiperään arvoitukseen.

- Kiitos tiedosta, pienempi naispoliisi sanoi, - se Maija oli varastettu, hän jatkoi.

Sen sanottuaan poliisit kiiruhtivat puolijuoksua autoonsa ja kaasuttivat osoittamaamme yksisuuntaista katua kohti. Kesti tovin, jotta me tajuttiin tilanteen koomisuus. Jokainen meistä alkoi nauraa räkättämään vatsat kippurassa. Siis se ensimmäinen sinivuokkojen Maija oli varastettu ja vieläpä virkavallan nokan edestä.

* * * *

Huvittava muisto sai minut nauramaan ääneen, havahduin naurun purskaukseen ja kiireesti katselin ympärilleni, oliko joku kuullut äänekkään naurun pyrähdykseni. Ajotie loisti tyhjyyttään, yhtäkään autoa ei näkynyt, eikä liioin lenkkeileviä urheiluhulluja, saatikka löntystäviä kävelijöitäkään.

Jatkoin polkemista kotia kohti ja huokaisin helpotuksesta, ettei enää pidemmälle tarvinnut ajaa, sillä olin jo rättiväsynyt kuluneesta työpäivästä, sekä jalkani olivat maitohapoilla polkemisesta. Ilokseni huomasin kotipihani jo häämöttävän kurvin takaa. Pihalle päästyäni kiersin talon takapihalle, jossa oli meidän pyörätelineemme, laitoin valkoisen polkupyöräni telineeseen paikalleen ja lähdin kävelemään sivuovelle, joka johti kodinhoitohuoneeseen. Aukaisi oven kotiavaimellani. Sisälle päästyäni heitin ruusukuvioisen reppuni kodinhoitohuoneen lattialle. Olin aivan poikki raskaan työpäivän jälkeen. Menin suoraan saunatilassa olevaan vessaan ja tein toimeni hyvin nopeasti. Avasin jälleen kodinhoitohuoneen oven ja raahauduin keittiöön. Jokin oli nyt vinossa, oli liian hiljaista, ihmettelin tuota outoa hiljaisuutta, joka valtasi meidän taloamme. Ketään ei ollut vielä kotona, varmaankin olivat taas Länsikeskuksessa ostoksilla, jossa perheemme oli aina tapana käydä silloin tällöin, jos jotain suurempaa satsia pitää ostaa jääkaappiin. Nautin oikeastaan tästä yksinäisyydestä ja toivoin, että voisin mahdollisimman nopeasti muuttaa omaan asuntoon, vuokralle tietenkin. Olenhan jo kohta kaksikymmentä vuotias neitokainen. Eipä tämä autuas rauha kestänyt kovinkaan kauan. Kuulin, kuinka isän Volvo kurvasi etupihallemme. Jarrut kirskuen hän pysäytti auton ja kohta kuului jo, kuinka ovet paukkuivat, kun niitä läimäytettiin kiinni ja pojat kirkuivat riemuissaan. Siitä arvelin heidän saavan taas jotain uutta peliä tai lelua. Olin tällä kertaa melkoisen väärässä, äiti tuli yllättävän iloisena etuovesta eteiseen, samoin isä.

- Arvaa mitä? Äiti sanoi ruskeat silmänsä kiiluen.
- No, en voi millään arvata, sanoin väsyneesti. Olin juuri saapunut keittiöön, ottanut jääkaapista rasian, jossa oli edellisen päivän lasagnen tähteitä ja juuri laittamassa sitä lusikalla syvään tummansiniseen lautaseen.
- Me mennään ensiviikolla Englantiin, Riku päästi sanansa kuin tykinsuusta.
- Jaa, koko perhekö. Minäkö myös? Sanoin toiveikkaana. Samaan aikaan laitoin ruokalautaseni ylisuureen mikroaaltouuniin, väänsin minuuttien kohdalta ajaksi kaksi ja puoli minuuttia, painoin startti – painiketta, mikro lähti pyörimään suristen äänekkäästi.
- Ei, äiti tokaisi siihen, sinä et pääse mukaan, koska sinullahan on kesätöitä vielä siellä puutarhalla, hän jatkoi.

Miten osasinkaan jo odottaa moista vastausta, enhän minä koskaan oikein päässyt mihinkään perheeni kanssa paitsi ruotsinlaivalle. Jotenkaan en enää jaksanut pettyäkään tuohon vastaukseen. Mikro kilahti, se oli merkki siitä, että ruoan pitäisi olla lämmintä ja annetut minuutit olivat täyttyneet. Otin ruokalautasen mikrosta ja istahdin ruokapöytään. Ahnaasti aloin ahmia hieman jäähtynyttä, mutta ihan hyvän makuista lasagnea. Kipaisin vielä jääkaapista hakemassa raikasta kevytmaitoa ja kaadoin sitä kaapista ottamaani merkki– lasiin, tuntui, että näitä merkki– laseja oli joka taloudessa, jopa asuntolan keittiön vakiovarusteisiin kuului yleinen lasimerkki. Söin nopeasti ja join maitoni kolmella kulauksella.

Vein astiat tiskipöydälle ja aukaisin astianpesukoneen kannen, laitoin lasin yläritilälle, lautasen alaritilän piikkeihin ja haarukan ruokailuvälineille kuuluvaan koriin. Lasagnevuoan ja maidon laitoin takaisin jääkaappiin. Koko aikana en viitsinyt osallistua muun perheen ilonpitoon, miksi olisin – eihän se reissu koskenut minua. Siirryin punatiiliseinän toiselle puolelle, jossa meidän olohuoneemme sijaitsi. Tiiliseinä oli meillä väliseinänä siksi, koska äiti oli joskus aikoinaan, kun taloa rakennettiin, halunnut taloon takan ja keittiön puolelle leivinuunin, nehän äiti sitten saikin.

Istahdin meidän tyylikkäälle nahkasohvallemme ja otin umpipuiselta olohuoneen pöydältämme kaukosäätimen ja aloin katsoa tv:stä ohjelmia. Eipä sieltä mitään tullut, mutta olipa jotain katseltavaa. Tunsin itseni melko ulkopuoliseksi ja petetyksi, vaivuin taas siihen tuttuun olotilaani, joka suojelee minua kaikelta pahalta tunteelta ja peitti samalla kätevästi minun todelliset tunteeni. Tunteita ei saanut perheessämme näyttää, joten turvauduin aina, kun pahoitin mieleni, varjojen maailmaan. Iltani kului tv:tä katsellen. Isä oli lämmittänyt meidän tilavan sähkösaunan ja kun sauna oli tarpeeksi lämmin, menin lämpöisiin löylyihin ihan yksin. Otin vaaleanpunaisen froteepyyhkeen huoneeni vaatekaapin alahyllyltä. Riisui päällysvaatteeni alasängylle ja pyyhkeeseeni kietoutuneena raahauduin laiskoin askelin alatasolla olevaan saunatilaan. Otin pyyhkeen yltäni ja ripustin sen saunan naulakkoon. Kylpyhuoneessa oli kaksi suihkua, toinen saunanoven oikealla puolella ja toinen vastakkaisella seinällä. Sisustukseltaan saniteettitila oli valkoinen; kaapiston, lavuaarin ja vessanpytyn vieressä oli matala väliseinä. Koko pesutila oli vuorattu valkoisella leveällä kaakelilla ja lattia oli vaaleanharmaata kapeaa lattialaattaa. Sauna oli perinteisesti vaalean puun värinen, sen lämmin sydän – viinin punainen kiuas erottui selvästi kuuman höyryävässä huoneessa. Menin suihkuun, väänsin hanasta tulemaan miellyttävän lämmintä vettä. Tein vain pikaisen pesun ja aukaisin saunan lasisen oven, istuin ylälauteille levitetyn pellavaisen laudeliinan päälle. Nautin ihanan pehmeän höyryisestä löylyn lämmöstä, todellakin nautin, unohdin hetkeksi omat ja maaliset murheeni. Nautinnollisen saunan ja suihkun jälkeen menin pyyhe päällä huoneeseeni. Pukeuduin siihen pitkään valkoiseen paituliin, missä oli suuri vaaleanpunainen printattu sydänkuvio keskellä paitulia ja harjasin hiukseni hiusharjallani.

Kipaisin keittiön puolella pikaisella iltapalalla ja toivotin muulle perheelle hyvää yötä.

Parvelleni päästyäni luin muutaman sivun romanttista harlekiinia ja ennen kuin nukahdin uneen, sammutin yläpuolellani loistavan lukulampun. Vaivuin suloisiin ja romanttisiin uniin.

7

$\mathcal{S}$e kauan odotettu perjantai päivä

viimeinkin saapui, olin jo puutarhalla töissä. Pystyin hyvin kuvittelemaan, millainen säpinä kotona oli ja kuitenkin olin harmissani siitä, etten voinut lähteä heidän mukaansa. Olisin halunnut kokea Englannin upeat linnat ja kartanot, sekä imeä englantilaispubien tunnelmaa ja nauttia Lontoon urbaanista kaupunkitunnelmasta. Se kaikki jäi minulta tällä kertaa kokematta, mutta joskus vielä matkustelen ympäri tellusta.

Työpäivä oli ja meni, tuntui kuin kahdeksan tunnin työaika ei olisi riittänyt annetuille päivän tehtäville. Tekemistä olisi riittänyt yllin kyllin, maanantainahan taas menen töihin. Tuleva viikko olisikin minun viimeinen työviikkoni, ajattelin pitää hieman kesälomaa ennen kuin koulu taas alkaisi. Poljin ripeästi, kuitenkin hengästymättä, uskollista polkupyörääni. Pakotin tuon jo paljon käytetyn polkupyörän kulkemaan nopeammin ja nopeammin. Tiesin, että vanhempani ja pikkuveljet ovat lähteneet jo ja saisin olla aivan yksin koko talossa, olin viimeinkin vapaa kuin taivaanlintu. Havahduin omiin huolettomilta tuntuviin ajatuksiini, mielessäni toruin itseäni: - Ei, noin et voi ajatella. Ota vastuu itsestäsi ja näytä, että olet jo nuori aikuinen nainen. Vannoit pystyväsi siihen toissa päivänä äidille ja isälle, nyt olisi näytön paikka, tuota lupausta en petä. Tyytyväisenä itseeni, jatkoin vimmatusti polkemistani jonka seurauksena aloin jo hieman väsyä, kun pääsin lopulta kotipihalleni jätin pyöräni nojailemaan autotallimme nosto-oven eteen. Otin työreppuni tarakalta ja heitin sen vauhdikkaasti olalleni, samalla tulin vilkaisseeni vastakkaisen naapurin pihamaalle. Naapurin isäntä oli lähtemässä mustalla farmarillaan jonnekin. Hän tervehti minua pienellä oikeankäden heilautuksellaan, joten tervehdin samanlaisella eleellä, vastauksena tummahkon naapurimiehen kädenheilautukseen.

- Terve! Sanoin.

- Moro. Muuten vanhempasi kävivät sanomassa meille ennen lähtöään, että voitaisiinko me vähän aina silloin tällöin viikonloppuisin vilkaista, miten sinulla menee. Kai se passaa? Hän kysyi kohteliaasti.

- No, kyllä kait se passaa, ei kai siitä haittaakaan ole, vastasin hieman ärtyneenä, mutta niin, ettei se ärtymys välittyisi ääneni sävyssä. Kiirehdin askeleitani välttyäkseni naapurin jatkokommenteilta. Avasin ulko-oven ja läimäytin sen määrätietoisesti kiinni.

Juuri kun olin potkaissut lenkkarini eteisen nurkkaan lähelle vessan ovea, puhelin soi, kiirehdin työhuoneeseen, jossa talon ainoa puhelin sijaitsi.

- Susanna, vastasin.

- Moi! Ajattelin soittaa ja kysyä mitä sinulle kuluu?

Kuulin Mariannen liian pirteän äänen puhelimessa.

- Kiitos kysymästä, ihan hyvää, vastasin hieman hengästyneenä ja samalla ihmettelin, miksi Marianne soitti minulle, jos vain kysyy minun vointiani, antaisi minun rauhoittua hetken. Toki aioin ilmoittaa tuon toiveen tytölle hienovaraisesti, jos vain olisin kerennyt suutani aukaista tarpeeksi ajoissa.

- Jaksaisitko lähteä tänään juhlimaan?

Vai että tanssimaan sitä pitäisi vielä lähteä, olin aivan poikki kuluneesta työpäivästä ja suuresta urheilusuorituksestani. Mitenköhän jaksaisin vielä jatkaa päivääni samoilla silmilläni ja lähteä parhaan ystäväni kanssa kylälle bilettämään. Vaikka väsymys painoi mieltäni juuri tällä hetkellä, siitä huolimatta vastasin rakkaalle ystävättärelleni:

- No, kai minä jaksan, samalla haukottelin niin antaumuksella ja hartaasti, että tuntui kuin suuni olisi ollut vähällä repeytyä halki.

- Ei ole pakko lähteä, jos olet liian väsynyt työpäiväsi jälkeen, Marianne vastasi hieman liian topakasti. Olin kuulevani tytön äänensävyssä lievää närkästymistä.

- No, kyllä minä jaksan, sanoin teeskennellen olevani

87

jo pirteä.

- Kiva juttu. Minä haen sinut siinä kymmenen aikoihin illalla, passaako?

- Ok. Hae vain, muuten ennen kuin lopetetaan puhelu, niin minne ajattelit viedä minut?

- No, kävisikö Mondo?

Yökerho Mondo sijaitsi ihan Turun keskustassa, lähellä kauppakeskus Hansaa, tai ainakin saman kadun varrella. Tiesin bussi - linjan kulkevan rakennuksen ohi, jonka pysäkki sijaitsi ihan ehdotetun yökerhon vieressä. Olin iloinen, että Marianne oli ehdottanut juuri tuota menopaikkaa.

- Joo... käy minulle. Nukutaanko teidän kaupunkiasunnollanne? Kysyin, sillä tiesin Mariannen perheen omistavan Hirvensalosta pienen asunnon tai oikeastaan se oli idyllinen pieni punainen mökki lähellä venesatamaa, ei ihanteellinen mökkipaikka, mutta ihanteellinen yöpymiseen tarkoitettu paikka.

- Niin minä sen suunnittelin, Marianne vastasi ja jatkoi vielä, ettei siellä ketään muita olisi kuin me kaksi vain.

Puhelun lopuksi vielä kumpikin kertoi mitä laittaa päällensä ja mitkä kengät jalkaansa. Millaisen kampauksen loihtisi ja millaisen "sotamaalauksen" laittaisi. Nauroimme omille jutuillemme ja totesimme kumpikin, että kohta nähdään.

* * * *

Oli heinäkuun viimeisiä päiviä. Päivät helteisiä ja illat jo hieman viilenneet sekä pimenneet, elokuu kolkutti jo portilla. Iltapäivisin usein tihutti vettä. Sateen ropina kiehtoi minua suuresti, se oli kuin luonnon musiikkia, joka rapisteli peltikatolla. Välillä heikko sadekuuro yltyi mitä huumaavampaan huipentumaan, ja tuntui, kuin sade olisi yrittänyt rikkoa mustanpuhuvan peltisen kattomme. Olin valmistautumassa illan rientoihin. Kävin miellyttävän lämpimässä suihkussa ja pesin hiukseni raikkaalla shampoolla. Sen niitynkukkien tuoksu huumasi mieleni, joten pitkitin aineen vaahdottamista hiuksissani mahdollisimman pitkään, halusin nauttia niityn tuoksusta. Huuhdoin hiukseni hieman raikkaammalla, astetta viileämmällä vedellä. Se tuntui ihanan pehmeältä, kun vesipisarat hipoivat sileää, persikan hohtoista ihoani pitkin valuen lattialla olevaan viemäriin. Nautin syvästi tästä olotilasta, enkä olisi halunnut sammuttaa suihkua. Tiesin sen hetkellisen viileyden tunteen lämpimän suihkun jälkeen, joten pian suihkun sammuttamisen jälkeen kiirehdin pyyhenaulakon luokse, josta otin keltaisen froteepyyhkeeni, jota valkoinen pitsi koristi pyyhkeen kumpaakin päätyä. Siihen pyyhkeeseen oli ihana kietoutua, sillä äiti oli itse tehnyt sen pyyhkeen. Arvostin äitini käden taitoja suuresti, hänellä oli iltasella aina jokin kudin tai käsityö menossa, tai hän oli aina leipomassa jotain herkullista maalais- tai saaristolaisleipää. Itse olin aivan onneton käsitöiden suhteen. Aloitin usein jonkin neuletyön, mutta se jäi joka kerran kesken. Niitä keskeneräisiä töitä oli kertynyt huoneeni vaatekaapin alimmaiselle hyllylle jo mukavasti, tai oikeastaan liikaakin, joten en enää saattanut aloittaa uutta työtä, entisetkin työt pitäisi saada valmiiksi.

Kuivattelin hieman ylimääräisen kosteuden iholtani, ennen kuin kietouduin ihanan pehmeään ja raikkaan tuoksuiseen pyyhkeeseen. Viileä tunne haihtui nopeasti pienoisen kuivattelun jälkeen. Siirryin suihkutilasta kodinhoitohuoneeseen, jonka lattialla olevaan tummanpuhuvaan räsymattoon pyyhin kosteat jalkani, etten kosteiden jalkojeni takia pilaisi vaaleaa laminaattilattiaa. Siirryin ylätasolla sijaitsevaan huoneeseeni ja kuivasin vielä kostean hoikan vartaloni, jonka jälkeen laitoin sänkyni päälle valmiiksi esille ottamani sievät alusvaatteet päälleni. Sekä mustan kiiltävän topin ja muotiin kuuluvat pillifarkut, jossa oli koristeena tummanpunainen ruusu oikean puoleisen takataskun kohdalla. Pitäähän olla jokin kiintopiste juuri traagisessa paikassa, jota nuoret kollit voisivat ihailla ja pitkään. En valinnut sukkahousuja sillä heinäkuun viileä ilta ei minua haittaisi lainkaan, tiesin tanssivani koko illan Mariannen kanssa, joten tämän illan liikunnallisen tuokion jälkeen olisin hikinen. Toivoin hartaasti aamuyön viileän ilman viilentävän minua, pitkän ja kuuman päivän päätteeksi, minkä yöllinen kävely Hirvensaloon tarjoaisi. Sen kahden kilometrin pituisen iltalenkin takia en voinut valita kaikista korkeimpia korkokenkiäni vaan valitsin kiiltävät ja matalakorkoisemmat korkokengät jotta pysyisin pystyssä, kun hoipertelen tai pikemminkin raahaudun Mariannen käsipuolessa kaupungin yöllisiä katuja. Olin innoissani tulevasta illasta ja aloin jo kuvittelemaan illan kulkua. Hymähdin omille ajatuksilleni ja jatkoin laittautumistani pikkuhiljaa.

* * * *

Olin juuri kreppaamassa kreppiraudalla kuparinhohtoisia ja puoleen selkään ylettyviä hiuksiani, kun kuulin auton kurvaavan pihallemme. Se kuulosti tosi iäkkäältä autolta, josta päättelin, että auton kuski oli varmaankin Marianne. Katsoin alatason työhuoneen ikkunasta pihaan kurvaavaa autoa, se oli tummanvihreä pieni kuplavolkkari, juuri sopivan kokoinen nuoren tytön ensi autoksi. Marianne oli ajanut ajokortin viime talvena. Itselläni ei ollut ajokorttia, sillä koin, etten tarvitse sitä, sillä linja-auto yhteydet olivat Raisiosta Turkuun tosi hyvät, viiden minuutin välein jokin linja-auto kulki asuntoalueemme ohitse.

Keskeytin hiukseni kreppaamisen ja menin alatason ulko-ovelle Mariannea vastaan. Tyttö oli juuri sen edessä ja oli painamassa oven oikealla puolella sijaitsevaa ovikelloa, kun kerkesin jo aukaista oven, melkein olin osua Mariannea nenään. Onneksi tyttö oli ottanut muutaman askeleen taaksepäin ajoissa, ennen kuin olin aukaisemassa ulko-ovea.

- Oho...Olipa lähellä, ettei nenä murtunut, Marianne

91

sanoi ensimmäiseksi. Aloimme kumpikin nauraa räkättämään tuolle koomiselle tilanteelle.

- Tule sisään, sain vihdoinkin sanotuksi, - niin kuin huomaat, en ole vielä valmis, pitää krepata hiukset loppuun asti ja hieman laittaa meikkiäkin.
- Juu...laita ihan rauhassa. Ei kiirettä, Marianne tokaisi.

Sen sanottuaan hän astui ovesta eteiseen, riisui punaiset matalakorkoiset avokkaat jalastaan ja käsilaukkunsa hän laski lattialle ja siirtyi ylätason olohuoneeseen keittiön puoleisia rappusia pitkin, minun perässäni. Istahti nahkasohvalle ja aukaisi television. Siinä hän aikansa seilasi kanavalta toiselle etsiessään Music-kanavaa, hetken kuluttua se löytyikin, Dr. Alban alkoi soida. Aloimme viimeinkin päästä biletunnelmaan.

Jätin Mariannen olohuoneeseen istuskelemaan ja menin alatason vessaan jatkamaan kreppaamistani ja meikkaamistani. Ajatuksissani kreppasin hiuksiani, hiustuppo kerrallaan. Jokaisen tupon kohdalla laskin kolmeenkymmeneen, en hitaasti, vaan sopivalla tahdilla. Se aika oli riittävä paksuihin hiuksiini, jotka olivat melko itsepäisiä luonnonkiharoita. Hiusteni laiton jälkeen siirryin meikkaamiseen. Otin vessan alakaapin ylimmältä hyllyltä meikkipussini, jota koristivat valkoiset apilankukat siellä täällä. Meikkipussi pursusi meikkejä, puuterin lisäksi viisi huulipunaa, jotka kaikki olivat hieman samaa sävyä; vaaleanpunaisia, kolme vaaleanpunaista huultenrajauskynää, kaksi mustaa ripsiväriä, luomiväripaletteja oli kaksi ja tietenkin punaruskeaa aurinkopuuteria, jota käytin poskipunana, se loihti juuri sopivan luonnollisen sävyn poskiini. En koskaan halunnut meikata liian vahvoilla väreillä, halusin näyttää mahdollisimman luonnolliselta ja huomaamattomalta, niin paljon pelkäsin toisten ihmisten arvostelua tai oikeastaan tuijottelua, jota olin tottunut näkemään koko lyhyen elämäni aikana. Sama piirre toistuu käytöksessäni - varovaisuus, normaalisti varoin aukomasta suutani vieraiden ihmisten edessä. Tutut ja turvalliset sukulaiseni ja ystäväni sen sijaan joutuivat kestämään typeriä juttujani, joissa ei ollut päätä eikä häntää, mutta he olivat jo tottuneet siihen. Onneksi Marianne oli tottunut minuun ja osasi nauraa minun letkautuksilleni, hänen huumorintajunsa riitti siihen, oi rakas, hauska ja paras ystäväni. Tuon ajatuksen jälkeen hyvä tuuleni hieman laski, olin yhtäkkiä huolissani siitä, että kestääkö meidän ystävyytemme läpi elämän tuomat haasteet ja olisimmeko vielä parhaat ystävät, kun meillä olisi joskus omat lapset ja aviomiehet?

Pohjustin meikin kasvovoiteella ja nugaan-värisellä meikkivoiteella, jonka pengoin meikkipussini pohjalta. Puuteroin kasvoni nugaan- värisellä puuterilla käyttäen puuterirasian omaa pehmeää tyynyä. Otin meikkipussista esille myös mustan kajalin, jolla rajasin silmien yläluomet ja alaluomet. Aloin näyttää jo hieman gootilta, paitsi että hiukseni olivat kuparinväriset eivätkä hiilenmustat, ehkä joskus uskallan värjätä hiukseni hiilenmustaksi, mutta en vielä. Jatkoin meikkausoperaatiotani vaaleanpunaisella luomivärillä ja ripseni mustalla vedenpitävällä ripsivärillä. Kulmakarvani olin jo nyppinyt ja siistinyt pinsetillä. Värjäsin kulmat mustanruskealla kulmakynällä, jonka jälkeen katsoin kuvajaistani peilistä, ajattelin, ettei kuvajainen tuolla ollut minä. Olisin halunnut pyyhkiä kovalla vaivalla maalatun kasvomaalaukseni pois, en kuitenkaan pyyhkäissyt. Hetken kuluttua poistuin vessasta ja huomasin Mariannen vielä istuvan samassa asennossa tuijottamassa Music- tv:tä, tällä kertaa sieltä kuului Madonnan kappale.

- Tule, tanssitaan, Marianne kehotti.

- Joo, tanssitaan vaan.

Jos joku olisi nähnyt tämänkin tanssituokion, varmaan kyseinen henkilö olisi nauraa räkättänyt vatsa kippurassa meidän touhuillemme. Onneksi ei kukaan nähnyt suoraan olohuoneeseen. Siinä kaksi nuorta kaunista neitoa keikuttivat hoikkia vartaloitaan, vaaleat hiukset hulmuten, Madonnan uudemman hittimusiikin tahtiin.

- Lähdetään jo, meidän pitää ajaa Hirvensaloon ja jättää auto sinne. Ajattelin, että keskustaan mennään vitosen linkkarilla, Marianne kertoi suunnitelmistaan,

- olen mökille vienyt jo etukäteen muutaman siiderin ja syötävää, hän jatkoi.

Minua jännitti, sillä tämä oli ensimmäinen kerta, kun

94

pääsin käymään siellä, vaikka olin ollut jo pitkään tietoinen tuosta vanhasta kakkosasunnosta. Tuumasta toimeen tämä tyttö kaksikko lähti laskeutumaan portaita pitkin alas, alatasolle, naureskellen ja hyvinkin jännittyneen oloisina, mitähän tämä ilta tuo tullessaan.

Eteisessä vasta hoksasin, että jään yöksi Mariannen mökille, käännyin rivakasti kannoillani ja kiirehdin ylä- tasolla sijaitsevaan vaaleansiniseen unelmahuoneeseeni ja kaivoin sängyn alta sen uuden ruusukuvioisen reppuni ja heitin sen sänkyni päälle. Kipaisin nopeasti vessaan ja kaappasin sieltä deodorantin, hammasharjan ja meikinpoistoaineen. Ryntäsin takaisin huoneeseeni ja tungin ne hakemani peseytymisvälineet reppuuni, jo aikaisemmin kaapista ottamani vaaleanpunaisen pehmeäkankaisen yöpaitani sekaan ja suljin nopeasti repun vetoketjun kiinni. Heitin sen olalleni niin, ettei jo olalla olevan käsilaukun kullattu ketju painaisi olkapäätäni. Kiirehdin takaisin eteiseen ja pistin pieniin kiinalaisiin posliinijalkoihini ne valitsemani mustat matalakorkoiset korkokenkäni, nyt olin valmis suuriin seikkailuihin. Päätin ennen lähtöäni, vielä tarkistaa kaikki ulko-ovet ja viherhuoneen lasiset ovet, että ne olivat varmasti lukossa, en halunnut mitään yllätyksiä, kun palaisin seuraavana päivänä kotiin.

Olallani heilui puolelta toiselle olkalaukku, jossa oli koristeena suuri kultainen solki ja jonka hihna oli kullanväristä ketjua, kirmatessani Mariannen perään. Tosin käännyin vielä kerran ulko-oven kohdalla ja varmistin toistamiseen, että ovi oli varmasti lukossa. Kiirehdin askeleitani, en halunnut enempää viivytellä lähtöä. Marianne jo kärsimättömästi tööttäili ja elehti autonsa ratin takana. Ennen kuin istahdin pelkääjänpaikalle Mariannen viereen, heitin kevyen reppuni oikealta olaltani etupenkkien välistä takapenkille. Istahdin pelkääjänpaikalle ja läimäytin tuttuun tapaani jo iäkkään auton raskaan oven kiinni. Laitoin turvavyön kiinni, kuulin, kuinka turvavyön solki klikkasi kiinnitettyäni sen. Hieman rauhoituin ja aloin tutkailemaan autoa tarkemmin, sisustus oli vaaleanharmaata. Tekonahkapenkit ja saman sävyinen kattoverhoilu ei oikein innoittanut minua, ainoastaan peruutuspeilistä roikkuva vaaleanpunainen isohko karvanoppa kiinnosti minua sekä takapenkin selkänojan päällä rötköttävä sievä mustavalkoinen pehmokoiranpentu.

Marianne käynnisti auton ratissa olevasta virta-avaimesta. Auto hurahti kerran tyytyväisen oloisesti, kuin olisi jo kerennyt kyllästymään odotteluun. Hassuahan oli ajatella näin, mutta siltä hyrinä kuulosti. Marianne laittoi hanskalokerosta ottamansa kasetin kasettisoittimeen sisään ja sieltä alkoi kuulua Pandoran biisejä. Huudahdimme riemusta, jonka jälkeen Marianne laittoi peruutusvaihteen silmään ja alkoi peruuttamaan hieman liian vauhdikkaasti ulos pihaltamme. Ykkönen ja nopeasti kakkonen silmään ja kaasu pohjassa ajoimme kohti huimia seikkailuja.

* * * *

Ilta-aurinko alkoi laskea pikkuhiljaa taivaanrannan taakse. Hitaasti ihana lämmittävä tähti siirtyi maapallon toiselle puolelle ilahduttamaan sen puoliskon eri kansoja. Laskiessaan aurinko värjäsi taivaanrannan tulipunaiseksi ja näytti siltä, kuin merikin syttyisi tuleen tuon tulisen tähden vaipuessa meren aaltoihin. Ilma oli seesteinen ja lämmin, kun kävelin rakkaan ystäväni kanssa linja-autopysäkille, joka sijaitsi Mariannen kesämökiltä noin kilometrin päässä suurehkon tammen alla. Mutkainen saaristotie oli satumainen ja kurvikas. Kiemurteleva asfalttitie loi jännittävän efektin kulkijalleen, aivan kuin jokaisen mutkan ja kurvin takaa tulisi esiin jotain jännittävää ja uutta alati muuttuvaa satua, mutta todellisuudessa lähinnä suuret ja vanhat tammet kehystivät tien laitaa ja loivat sadunomaisen tunteen.

* * * *

Marianne oli vaihtanut mökille päästyämme arkiset vaatteensa, shortsinsa ja t-paitansa, juhlavampiin ja mielenkiintoa herättävimpiin, ei niin mukaviin bilevaatteisiinsa. Hänen asukokonaisuutensa oli kehitetty tummanpunaisesta topista, jossa oli hopean hohtoinen hileinen pinta, antava syvä v-aukko ja lyhyet t-paidan hihojen pituiset punaiset pitsihihat. Jalassaan hänellä oli mustat kiiltonahkapillihousut ja matalakorkoiset juhlasandaalit.

Vaaleat luonnonkiharaiset ja yhtä vallattomat hiuksensa kuin minulla hän antoi vain kuivua pikaisen suihkun jälkeen ja tuki vallattomat kiharansa muotovaahdolla. Näytti aivan siltä kuin Marianne olisi laitattanut pehmiksen kampaajalla. Hän oli meikannut melko voimakkaasti silmien alueen, käyttäen paljon mustaa kajaalia ja paksulti mustaa ripsiväriä, huulensa hän oli maalannut kirkkaan punaisella huulipunalla. Hän oli erittäin kaunis ja tyylikäs näky. Ihailin ystäväni ulkoasua, enkä tahtonut saada katsettani irti tuosta ilmestyksestä, tunsin olevani nuoren kaunottaren rinnalla mitäänsanomaton nahjus, kuihtunut ruusu.

* * * *

Tuntui ikuisuudelta odotella linja-autoa. Suuri tammi varjosti pysäkkiä ja viilensi ilmaa hieman, minua alkoi jo paleltaa.

- Meneekö vielä kauankin, siihen kun linja- auto tulee? Kysyin malttamattomana.

- No kyllä me keritään juoda vielä nämä omenasiiderit, ennen kuin linkku tulee, Marianne vastasi kysymykseeni vieno hymynvirne huulillaan. Hän kaivoi suurehkosta tekonahkalaukustaan kaksi omenasiideriä, antoi toisen minulle ja ennen kuin avasimme ne pullot, me skoolasimme tälle illalle ja toivoimme sen sujuvan mukavasti ja odotetusti.

Marianne oli oikeassa linja-auton saapumisen suhteen, lipitin jo viimeisiä tilkkoja, kun kurvin takaa ilmestyi keltainen linja-auto, jonka numero oli viitonen. Astuimme tuohon autoon ja kumpikin antoi kaksi markkaa kuskille. Sen jälkeen kuljimme hoiperrellen linja-auton keskivaiheelle, josta valitsimme vasemmanpuoleisemmat istumapaikat, koska ne sijaitsivat lähinnä poistumisovia. Kikattelimme omille jutuillemme ja välillä toistemmekin jutuille. Varmaankin liian äänekkäästi, sillä pari penkkiriviä edempänä istuva iäkäs mummo katsoi meitä melkoisen tuimalla ilmeellä. Se ei meidän hyvää mieltä haitannut ollenkaan sillä hetkellä. Tosiasiassa, jos olisin ollut yksin ja kikatellut omille ajatuksilleni pienessä hiprakassa, olisi tilanne ollut tyystin toisenlainen, olisin tuntenut suurta häpeän tunnetta.

Bussimatka tuntui kestävän loputtomiin. Suuret kerrostalot ja vihreät puistot vilisivät silmieni ohitse. Välillä tuntui, kuin ne olisivat muodostaneet yhtenäisen vihertävän harmaan väriseinämän.

- Paina jo nappia, Marianne tokaisi minulle ja samalla tökkäsi vasemmalla kyynerällään minua käsivarteen, koska Marianne istui ikkunapaikalla ja se stop nappula oli ihan minun edessä olevassa pylväässä. Säpsähdin hereille transsinomaisesta olotilastani. Ojensin hieman puutuneen vasemman käteni pylväässä olevaa stop-nappulaa kohti ja painoin sitä. Tuokio kului ennen kuin linja-auto pysähtyi läheiselle pysäkille.

Kummatkin kaappasivat omat käsilaukkunsa olkapäillensä ja kirmasivat ulos linja-auton syövereistä. Olin mielissäni, sillä pysäkki sattui sijaitsemaan ihan Mondon sisäänkäynnin kohdalla. Kätevää, pääsemme suoraan linja-autosta yökerhoon. Tummahipiäinen ja bodarin muskelit omaava maailman vahvin miesportsari aukaisi meille ulkooven ja toivotti tervetulleeksi. Pääsymaksun maksoimme narikoitten luona sijaitsevalle kassalle. - Kahdeksan markkaa per. henkilö, sanoi kassalla istuva roteva naishenkilö suurehkojen hiuskihariensa alta. Hänen mahonginpunaiset hiuksensa rehottivat valtoimenaan ja paljastavasta v- aukkoisesta mustan puhuvasta puserosta suorastaan pursuivat antavasti hänen rotevat rintansa. Hieman se näky alkoi minua ja Mariannea naurattamaan, joten naurua pidätellen kumpikin maksoi oman pääsylippunsa.

Sisääntuloaula oli musta pääväriltään. Sitä sävytti viininpunainen väri biletilan oviaukossa roikkuvista sivuille vedetyistä suurehkoista puhviverhoista, joiden takaa avautui itämaista tyyliä kopioiva sisustus. Sisääntulon vastakkaisella seinämällä viininpunaiset suuret plyysisohvat nojailivat tummanharmaata seinustaa vasten. Niiden sohvien keskellä komeili viininpunaisen itämaisen maton päällä mustat rokokoohenkiset sohvapöydät. Vasemmalla puolella sijaitsevan baaritiskin peiliseinämä oli täynnä lasisia hyllyjä, koko tuon peilin leveydeltä ja ne oikein pursuivat erilaisia cocktailpulloja, viskipulloja, konjakkipulloja ja koskenkorvapulloja, sekä votkapulloja. Mustan länkkärityylisen baaritiskin alla oli olut- ja lonkero tynnyrit, joista komea jo varmaan kolmissakymmenissä oleva, tummahipiäinen ja ruskeasilmäinen baarimikko taikoi suurehkoihin oluttuoppeihin eri hanoista makeaa lonkeroa ja maltaista olutta. Kaiken kauneuden keskellä oli suuri mahonkinen parkettilattia, jonka yllä komeili suuri hopeinen diskopallo, jonka siniset ja punaiset värivalot vilkkuivat villisti sinne tänne.

Marianne ryntäsi heti baaritiskille ja tilasi itselleen lonkeroa, minä seurasin ystäväni esimerkkiä ja tilasin myös makeaa, harmaata lonkeroa. Se näytti kylläkin enemmän kuravedeltä kuin houkuttelevalta juomalta, mutta onneksi juoman maku oli ihanan sitruunainen. Juomat saatuamme katseemme etsi sopivaa ja vapaata istumapaikkaa, sillä vaikka kello oli jo kymmenen perjantai-iltana, oli meno mesta melkoisen täynnä väkeä. Istahdimme lähelle pöytää, jonka ääressä istui varakkaan näköisiä nuoria miehiä, neljän porukassa.

Illan kuluessa ja muutaman makean drinkin jälkeen rohkenimme siirtyä pienen miesseurueen pöytään heidän jo usean pyynnön seurauksena. Minua alkoi jotenkin kiinnostamaan miesten pöydässä istuva tumma, ruskeasilmäinen, ei niin roteva mies, mutta komea. Arvioin hänen ikänsä olevan lähellä minun ikääni, eli kaksikymppiseksi. Huomasin melko pian, että aloimme viihtyä toistemme seurassa yhä enemmän illan edetessä.

Ennen kuin oli kotiinlähdön aika ja valomerkki tuli, vaihdoimme puhelinnumeroita. Katsoin outoa numeroa, joka alkoi 050- numeroilla.

- Mikä kumma numero tämä on? Kysyin hieman kummeksuen, - kirjoittaisitko myös nimesi siihen. Pyysin tuota, sillä tiesin, etten olisi enää huomenna miehen nimeä muistanut. Seurasin katseella, kuinka kauniilla ja selkeällä käsialalla mies kirjoitti uljaan nimensä, Jasper. - Tämä on minun kännykkäni numero, Jasper vastasi samalla kun kirjoitti nimeään.

- Ok! En vain ole aikaisemmin törmännyt tällaiseen numeroon, tokaisin hieman nolona.

- Minne olette menossa tämän jälkeen? Kotiinneko? Erittäin siististi pukeutunut nuori komistus kysyi. Hänen valkoisen T-paitansa päällä oli tummansininen pikkutakki ja tummansiniset Levis–farkut, jotka olivat lahkeista tarpeeksi pitkät, joten sukkien varret eivät pilkottaneet mustien kiiltonahkakenkien alta.

- Me aiotaan kävellä Mariannen perheen mökille, vastasin.

- Kävellä. Ihmetteli Jasper, - siellä on liikkeellä kaikennäköisiä huligaaneja, hän jatkoi.

- Kyllä me pärjätään, sanoin hymyillen. Samalla nyökkäsin Mariannelle.

- Joo, pärjätään me, Marianne vahvisti vielä sanomani.

Nousimme pöydästä, kiitimme miesporukkaa mukavasta seurasta ja aloimme laahustaa kohti ulko-ovea.

* * * *

Olimme jo hyvän matkaa kävelleet Turun kauniita katuja tässä ihanassa heinäkuun lopun aamuyössä. Ilmassa tuoksui aamun kosteus ja aurinko oli jo ehtinyt nousta. Se värjäsi taivaan heleän punaiseksi, näytti siltä kuin pilvet palaisivat ja niitä kehysti aavemaisen punainen väri.

Vaikka jalkojamme särki suunnattomasti, vaikka olimme rättiväsyneitä, emme kuitenkaan olleet huonolla tuulella. Lauloimme kuulemiamme kappaleita ja kikattelimme äänekkäästi. Olimme jo melkein Hirvensalon sillalla, kun järkytyimme hieman eräästä näystä. Ennen tuota siltaa oli omakotitaloalue.

Yhtä taloa suojasi marja-aronia pensasaita, sen puolessa välissä oli pienen polun levyinen aukko, jonka välissä seisoi miehen hahmo.

Jostain kumman syystä me kummatkin katsoimme tuota hahmoa, hieman peloissamme.

Näimme, kuinka hahmon kädet haahuilivat harmahtavan pitkän poplaritakin pieluksia, eikä aikaakaan, kun hahmo aukaisi poplaritakkinsa. Kauhuksemme huomasimme, että hahmo oli ilkosen alasti. Killuttimet valloillaan hahmo heilutteli inhaa iäkästä vartaloaan edestakaisin. Vaikka olimme kauhusta jäykkinä, sain vaivoin sanotuksi:
- Ei tuossa ole mitään näytettävää.
Tuon sanottuani aloimme hermostuneesti nauramaan

103

ja samalla pinkoisimme juoksulla pakoon. Juoksimme ja juoksimme, emme uskaltaneet katsoa kertaakaan taaksemme, sillä pelkäsimme, että outo hahmo alkaisi seurata meitä. Vasta sillalle päästyämme uskalsimme hidastaa askeleitamme ja varmistimme, ettei kukaan seurannut meitä, ei seurannut, huokasimme helpottuneina ja jatkoimme iltalenkkiämme rauhallisesti kävellen mökille asti. Mökille päästyämme heitimme kummatkin korkokenkämme porstuan nurkkaan. Vapautimme jalkamme kenkien tuomasta tuskasta ja hivuttauduimme keittiön puolelle iltapalalle. Ilman iltapesua kumpikin väsyneenä kaatui jo valmiiksi pedatuille hetekasängyille niin, että jouset kitisivät. Lauantain aamuaurinko sai tervehtiä muita ihmisiä iloisesti, me aloimme vasta nukkumaan.

8

1993

$\mathcal{V}$iime syksy ja loppuvuosi meni Jasperiin tutustuen. Aluksi kävimme elokuvissa ja syömässä kahden kuukauden verran joten loppujen lopuksi päätimme esitellä seurustelukumppanimme omille vanhemmillemme. Kaikista eniten minua jännitti nähdä Jasperin vanhemmat, sillä hän oli jo etukäteen kertonut omasta perheestään ja antoi minun ymmärtää, että he olivat melko varakasta porukkaa: kaksi kesämökkiä Turun saaristossa, Espanjassa kakkoskoti, oma menestyvä rakennusfirma ja niin edelleen. Olin jo tuosta kaikesta tiedosta pyörällä päästäni ja pelkäsin sekavan olotilani takia mokaavani koko esittelyn. Mutta, kun näin Jasperin vanhemmat yllätyin hieman, koska hänen äitinsä ja isänsä näyttivät ihan tavallisilta ihmisiltä, hyvin ystävälliset kasvot kummallakin. He ottivat minut hymyssä suin vastaan ja toivottivat tervetulleeksi kotiinsa. Hänen äitinsä näytti pikemminkin punertavine korkealle nutturalle pyöräytettyine hiuksineen ja vihreine silmineen enemmän kotihengettäreltä kuin miehensä sihteeriltä. Hän oli kaunis ilmestys. Jasperin isä taas näytti pikimmiten merimieheltä tai joltain kalastajalta harmaine hiuksineen, partoineen ja ruskeine silmineen, kuin menestyvän rakennusfirman johtajalta. Hän oli komea ilmestys tummansinisine farkkuineen ja tummansinisine paitapuseroineen. Minun pelkotilani karisi tyystin noiden kahden ihmisen edessä.

Luulenpa, että samanlaista mielen taistelua kävi Jasperkin, kun esittelin hänet omille vanhemmilleni.

* * * *

Vietimme uuden vuoden yhdessä. Aluksi minun kotonani, jossa söimme suurehkon juhla-aterian paisteineen, salaatteineen ja jälkiruokineen. Kun kello läheni ilta kymmentä, siirryimme Jasperin komeaan amerikkalaiseen lava-autoon, joka oli väriltään metallinsininen ja lavan kylkeen maalattu kaunis öinen maisema, jossa komeili täysikuu, todella kaunis taideteos.

Tuolloin emme tienneet, kuinka suuria muutoksia maamme kävi läpi ja kuinka isoin harppauksin nettimaailma eteni. Turun Sanomatkin saivat ensimmäiset nettisivunsa.

Bill Clinton vannoi Yhdysvaltojen presidentinvalan, Boris Jeltsin menetti valtaoikeuksiaan ja maailma oli

106

muutenkin sekaisin. Meidän pikkuinen Suomenmaamme aloitti Ruotsin ja Itävallan kanssa liittymisneuvottelut Euroopan yhteisön kanssa ja Suomen tasavallan presidenttinä toimi vielä tämän vuoden Mauno Koivisto. Ja minä Susanna Jääskeläinen, joka viime talvena valmistuin lastenhoitajaksi, en ollut mitenkään varma, saisinko mistään koulutusta vastaavaa työtä. Emme murehtineet tulevasta ollenkaan, sillä nyt me vain nautimme toistemme seurasta ja juhlimme uuttavuotta. Päätä huimaava ilotulitus Turun keskustassa oli mieleenpainuva ja samppanja virtasi. Juhlimme uudenvuoden lisäksi sitä, että olimme vielä nuoria, rakastuneita ja koko ihana elämä edessä.

* * * *

Oli huhtikuu. Aurinko jo hieman lämmitti kylmän pakkasyön jälkeen, tuntui kuin luonto olisi ollut yhtä malttamaton uuteen elämän alkuun kuin minäkin. Siellä täällä tienvarsilla alkoivat jo leskenlehdet kukkia ja koivuihin alkoi puhjeta vaaleanvihreät hiirenkorvat, tuntui kuin luontoäiti hymyilisi minulle.

Näin kevään kynnyksellä ja ihanana päivänä muistelin viime päiviä ja kuukausia hymyssä suin. Olimme päättäneet Jasperin kanssa muuttaa yhteen. Jasperin vanhemmat olivat ostaneet Turun keskustasta kalliin kaksion, ihan läheltä Puutoria. Tuota kaksiota olimme parhaillaan katsomassa, kun näin tutun henkilön sisäpihalla, liiankin tutun, se oli Toni. Piileskelin Jasperin selän takana ja toivoin hartaasti, ettei Toni näkisi minua, vaan tietenkään en täysin pystynyt välttämään hänen katsekontaktiaan. Jasperin selän takaa näin, kuinka talonmiehen harmaisiin haalareihin ja siniseen lippalakiin sonnustautunut entinen suuri rakkauteni virnisti vienosti, melkeinpä voisin väittää nähneeni pienen ilkikurisen ilmeenpilkahduksen myös. Hän tervehti Jasperia ja minua

- Hei! Tekö olette ne vapaan huoneiston uudet asukkaat? Toni kysyi. Minua ärsytti ja olisin halunnut vajota maan alle, miten ivallinen tilanne. Toivoin, ei kun suorastaan rukoilin, ettei Toni paljastaisi tuntevansa minua.

- Hei! Sanoi Jasper ja samalla, kun jatkoi esittelyään, hän ojensi kätensä Tonia kohti kätelläkseen tämän talonyhtiön talonmiestä, - Jasper ja tässä on tuleva avopuolisoni Susanna. Muutamme tähän taloon huomenna, joten käväisemme katsomassa, mitä kaikkea meidän tarvitsee ostaa, huonekaluja ja sen sellaisia. Minä vajosin mielessäni maanrakoon yhä syvemmälle ja syvemmälle, ei ole totta, olin aivan paniikissa, mutta säilytin kuitenkin arvokkuuteni, enkä näyttänyt pelkotilaani.

- Tervetuloa taloon, Toni sanoi. Hän ojensi kahdet avaimet Jasperin käteen ja hymyili. Ei Jasperille, vaan hymy oli tarkoitettu minulle.

Kaappasin Jasperin vasemmasta käsivarresta kiinni ja

annoin hänelle selvän merkin, että oli jo aika jatkaa tutkimusmatkaa, sillä tunsin, kuinka paniikinomainen olotilani oli saanut jo melkein ylivallan minusta, yritin pelastaa tilanteen, kun vielä pystyin.

Samalla, kun rivakoin askelin suuntasimme kerrostaloa kohti, jossa tuleva upea asuntomme sijaitsi, tulin vilkaisseeni vasemman olkapääni yli pihalla seisovaa komeaa talonmiehen asussa olevaa nuorta miestä, hyvinkin sekavin tuntein. Vaikka katseeni oli murhaavan pistävä, niin sisimmässäni tunsin suurta kaihoa ja rakkauden tunnetta entistä poikaystävääni kohtaan, ei, et saa ajatella noin, sanoin mielessäni. Kiukun tunne, tai miten tätä sekavaa olotilaani voisi järkevämmin kuvailla, voimistui voimistumistaan, kun huomasin Tonin hymyilevän virnistyksen. Kaiken kruunasi pieni silmänisku, minkä hän soi minulle ja lempikappaleeni, "wish you are here", jota hän alkoi viheltämään äänekkäästi.

- Onpa iloinen veikko, Jasper totesi ja nauraa räkätti päälle. Minua ei naurattanut, ei ollenkaan, sen sijaan kiukun nostattama puna kasvoilleni alkoi pikkuhiljaa levitä, mieleni kiehui kuin kuuma höyrykattila.

Ala-aula oli kapea ja sen päätyseinässä komeili tummanpunainen hissin ovi. Vasemmalla puolella heti ulko-ovesta, seinällä oli taulu, jossa oli asuntojen numeroita, kerrosnumeroita ja sukunimiä. Selailimme seinällä olevaa taulua tuokion verran ja huomasimme omat sukunimemme Mäntymaa ja Jääskeläinen, asunto numero viidenkymmenkahdeksan kohdalla.

- Ajattele rakkaani, Jasper sanoi ja kääntyi puoleeni.

- Tässä on jo meidän sukunimemmekin, hän jatkoi hymyillen. Hän otti minua lantiosta kiinni ja veti minua vahvoin miehekkäin ottein lähemmäksi itseään ja suuteli hellästi minua suulle. En voinut mitenkään vastustella tuota kaunista elettä. Vastasin yhtä hellällä suudelmalla komean miehen pehmeisiin huuliin. En halunnut näyttää huolestunutta ilmettäni, kuinka olisin voinutkaan. Jasper ei saisi ikinä tietää talonmiehen ja minun menneisyydestämme, ei ikinä.

Kävelimme pitkin harmaata käytävänmattoa kohti edessä häämöttävää hissiä. Kohdalle saavuttuamme painoin hissin harmaata painiketta ja aloimme seurata, kuinka numerot hissin yläpuolella laskivat alaspäin 7,6,5,4,3,2,1 kling, kilahti hissin kello merkkinä siitä, että hissi oli kohdallamme. Jasper aukaisi hissin oven minulle ja astui jäljessäni sisältä oranssin värisävyin maalattuun hissiin. Jasperin painaessa numero viitosta huomasin samalla, että painikkeita ja kerrosnumeroita riitti jopa numero kymmeneen asti. Ilmeisesti tässä talossa oli jopa kymmenen kerrosta, onneksi emme tulleet asumaan kaikista ylimmäisessä kerroksessa, ajattelin helpottuneena, sillä minulla oli lievä korkeanpaikan fobia.

Muutamia minuutteja kului, kun hissi pysähtyi viitoskerrokseen. Jasper käveli oikeanpuoleisen oven eteen, hissistä katsottuna. Avain, jonka Jasper sai, passasi tummansiniseen huoneiston oveen kuin nenä päähän. Sydämeni jyskytti jännityksestä liian kovaa ja tuntui, kuin se olisi halunnut ulos sisuksieni suojasta. Tunsin kuinka käsivarsiani hieman särki, ohimoani kivisti ja vatsaani kipristi.

- Olkaa hyvät! Jasper sanoi, liian kohteliaasti, melkeinpä olin kuulevinani pientä ivallisuuden sävyä hänen äänessään. Oli se liiallinen kohteliaisuus hyväksikin, minua ei niin paljon enää jännittänyt, astuin huoneistoon. Eteiskäytävä oli pitkä ja kaikki huoneet viidenkymmenenkuuden neliöisessä kaksiossa olivat sijoitettuna oikealle puolelle, lukuun ottamatta wc/suihkutiloja, jotka olivat vasemmalla puolella käytävää. Tämä oli tyypillinen kaupunkihuoneisto. Asunnossa ei ollut parveketta ja kaikista ikkunoista näkyi sisäpihalle. Puhdas jasmiinin tuoksu leijui puhtaassa vaaleassa asunnossa. Halusin nautiskella tuosta puhtaasta tuoksusta mahdollisimman pitkään. Olin onneni kukkuloilla. Kaikki seinäpinnat olivat maalattu valkoisella maalilla, paitsi makuuhuoneen yhdellä seinällä oli tumman harmaa pionikuvioinen tehostetapetti. Olohuoneessa oli valkoisen maalatun seinän lisäksi beigenruskea pionikuvioinen tehostetapetti. Keittiön kalusteiden pääväri oli valkoinen paitsi hella ja jääkaappi-pakastin yhdistelmä olivat väriltään pikimustia. Muissa huoneissa oli vaaleanharmaa muovimatto paitsi keittiössä, jonka lattia oli kaunis, mustia ja valkoisia lattialaattoja, jotka muodostivat salmiakkikuvion.

111

Mutta vessa, siellä suuni loksahti apposen auki, melko tilavassa kylpyhuoneessa oli vaaleanpunainen allaskaappi ja wc-pytty sekä hopealeijonatassuinen kylpyamme, lattialla oli tummanharmaata pienikokoista lattialaattaa ja seinällä suurta valkoista seinälaattaa, suihkuverho ammeen ympärillä oli hieman läpikuultava ja hopeansävyinen. Minä ihastuin, ei kun siis suorastaan rakastuin tähän upeaan kaksioon. Tänne ei kuulunut edes suuren ja eloisan keskustan liikenteen, eikä elämänsykkeen melu. Ikkunoista näkyi vain sisäpihalla oleva suuri iäkäs poppeli, jonka lehvästön suojassa oli lasten leikkipaikka, kaksi keinua ja yksi hiekkalaatikko, sekä vihreälle nurmikolle oli laitettu punaisia, sinisiä ja keltaisia kukkaistutuksia. Tuolta pihalta kuului lasten naurua. Heleä riemukas ääni raikui suurien kerrostalojen seinissä. Tunsin vihdoinkin olevani kotona ja turvassa tämän ihanan miehen kanssa.

* * * *

Olimme jo kotiutuneet tähän upeaan asuntoon, joka sijaitsi Sibeliuksenkadulla. Olimme kalustaneet asunnon nuorekkaasti, mustat nahkasohvat ja metalliset varastohyllyt olohuoneessa. Olohuoneen ikkunaverhot olivat mustavalkoiset ja seeprakuvioiset ja lattialla komeili mustavalkoinen seeprakuvioinen tekoturkkimatto. Uusimman sisustustyylin mukaan meillä oli suuri jenkkisänky makuuhuoneessa, jossa oli viininpunaiset pimennysverhot, viininpunainen matto ja sängyn päällä viininpunainen päiväpeitto, jonka päällä suuria koristetyynyjä. Keittiössä oli pyöreä ruokailupöytä, jonka ympärillä oli neljä valkoista tuolia ja ikkunassa valkoiset sivuverhot. Lattialle en halunnut yhtään mattoa, oli helpompi pitää keittiön lattiapinta puhtaana, sen sijaan eteiskäytävän lattialle laitoimme tummanharmaan käytävänmaton. Mielestäni kotimme oli erittäin kaunis ja viihtyisä pieni lemmenpesä, johon oli ihana aina palata työpäivän jälkeen. Jasper oli isänsä firmassa töissä ja minä tein lyhytaikaisia sijaisuuksia päiväkodeissa. Elämämme oli hyvin idyllistä ja leppoisaa, rakastimme toisiamme ja keskityimme, toisiimme sataprosenttisesti. Joka ilta Jasper otti minut sohvalle syleilyynsä, missä vain hetken keskityimme katsomaan videonauhurilta tulevaa leffaa. Elokuvankatselu päättyi yleensä siihen, kun Jasper alkoi hyväillä minun niskaani lempeästi sivellen sormenpäillään, niin kauan kunnes ihoni alkoi mennä kananlihalle. Niin kuin tänä iltanakin hän jatkoi niskani hyväilyä hellillä suudelmillaan hivuttautuen hieman ja hitaasti olkapääni kautta kohti huuliani. Hänen pehmeät huulensa pienen etsinnän jälkeen löysivät vihdoin minun huuleni. Tunsin, kuinka kiihkeästi hän alkoi suudella minua, tuntui kuin hän olisi halunnut imeä joka ikisen huulikiiltoni mansikkaisen maun huuliltani. Olin kiihottunut ja liitelin jossain hurmion kaltaisessa olotilassa. En enää tuntenut allani olevaa nahkaista sohvaa, olin kuin irtautunut ruumiistani ja leijuin kuin olisin ollut jossain vaaleanpunaisissa vaahtokarkki pilvissä. Hitaasti hellät miehekkäät kädet hivuttautuivat toppini alle ja alkoivat riisua vaatekappaletta yltäni paljastaen rintaliivini. Hän jätti ne ylleni ja jatkoi hyväilyäni Venuksen huippujeni peittävien liivien läpi, hieman liian rajusti, ele sai minut voihkimaan kiihkosta, ei tuskasta. Hän hitain suun liikkein alkoi suudella minua kaulasta vatsaani kohti, välillä kielellä liu`uttaen pitkin persikan hohtoista ihoani. Huokaisin, huokaisin hiljaa, nostin lantiotani hieman kaarelle ja vaikeroin. Tunsin, kuinka hapuilevin sormin alkoivat miehen kädet etsiä lyhyiden, sinisien farkkushortsieni metallista nappia aukaistakseen sen ja tunsin, kuinka malttamattomat kädet löysivät vetoketjun, joka oli vielä kaiken kiihkon ja nautinnon tiellä. Olin täysin valmis vastaanottamaan taivaallisen nautinnon, minkä ihana mieheni pystyi minulle antamaan. Hän sulavin liikkein ujutti shortsini jalastani ja veti lantiotani ylös ja lähemmäksi itseään. Pinkit pikkuhousut poistettuaan jalastani, hellin elein, mies työntyi kerran rajummin ihanuuteeni ja sen jälkeen alkoi keinuttaa minua, kuin olisin meren aalloilla keinuva laiva. Äännähdin äänekkäästi saatuani nautinnon. Mies ei pidätellyt enempää, vaan työntyi sisääni rajummin, kunnes sai itsekin kokea hurmiollisen tunteen, hieman äännähdellen. Huumaavan lemmenkohtauksen jälkeen jäimme kummatkin sohvalle lepäämään vierekkäin, kunnes hengityksemme tasaantui hieman. Hymyilin Jasperille ja suutelin hänen miehekkään pehmeitä huuliaan, tyytyväisyyden merkiksi.

Hivuttauduin pesutiloihin kylpeäkseni itseni puhtaaksi ja nauttiakseni mahdollisimman pitkään tästä ihanasta olotilasta.

* * * *

Oli toukokuun puoliväli ja ilma oli jo kesäisen lämmin, vaikka ei mittari vielä näyttänytkään hellelukemia. Auringonpaisteessa lämpötila oli kuitenkin jo pitkälti yli kaksikymmentä astetta. Siitä ihanasta lemmen hetkestä oli kulunut jo tasan kuukausi ja huomasin odottavani kuukautisten alkamista. Kun niitä ei alkanut kuulua, menin lähimmälle terveysasemalle ja tein kyseisessä paikassa raskaustestin. Vastaus oli odotetusti positiivinen, olin siis raskaana. Kotiinpäin kävellessäni mieleni oli täynnä pelkoa, kysymyksiä ja iloa. Iloa siitä, että odotin tuon ihanan miehen lasta, mutta pelkoa siitä, miten oma ihana mieheni tulisi ottamaan tämän yllättävän uutisen vastaan. Kerron sitten, kun aika olisi sopiva, ajattelin taas puoliääneen. Huomasin vastaantulevan vanhemman pariskunnan katsovan minua hymyillen. Tunsin, kuinka vieno puna nousi kasvoilleni, jonka seurauksena käänsin katseeni hieman poispäin, jottei nämä kaksi iäkästä ihmistä vaan huomaisi minun nolostuneeni tuosta tilanteesta. Samaan aikaan mieleeni juolahti sekin ajatus, miten omat vanhempani tulisivat reagoimaan tähän yllättävään vauvauutiseen. Hyvä tuuleni alkoi väistyä ja tunsin, kuinka mieleni taivaanrantaan alkoi ilmestyä synkkiä pilviä, kun aloin kuvittelemaan vanhempieni ilmeitä ja tuntemuksia. Saatoin jo kuvitella miten isä varmasti raivoaisi minulle ja Jasperille pää punaisena ja kuinka äiti alkaisi vaatimaan naimisiin menoa. En ollut vielä valmis avioon, ajatus ikuisesta liitosta, kunnes kuolema erottaa oli minusta puistattavaa ja karmivaa, kuin lopullinen tuomio, kuin elinikäinen vankeustuomio.

- Ei... en ole avioliittoon valmis, olen aivan liian nuori ja tämä lapsikin, luoja auta, miten minä pärjään? Ajatuksissani lausuin mieltä painavat sanani mielessäni, aivan hiljaa, jotta kukaan ei saisi kuulla sanaakaan, ei vahingossakaan, olin pahasti eksyksissä.

Päätin kulkea hieman jokirannan kauniissa maisemissa ennen kuin palaisin kotiin. Saisin selvitettyä päätäni ja samalla saisin hieman liikuntaa noissa jokirannan seesteisissä maisemissa. Jokiranta uhkui Suomen historiaa ikivanhoine puineen ja koristelisine, historiallisine rakennuksineen - Tuomiokirkko ja mukulakivipäällysteisineen katuineen, tuntui kuin olisi mennyt ajassa monta vuosisataa taaksepäin, aivan ihana rentoutumisen paikka keskellä vilkasta kaupunkia. Vaikka ihmisiä liikkui näin alkukesän lämpimänä päivänä runsaasti, sain kävellä joen vartta ihan rauhassa. Lämmin merituuli puhalsi avomereltä päin tuoden ihanan, hieman suolaisen merentuoksun. Siellä täällä jokirannassa oli pieniä kahviloita ja ravintoloita, joissa istuskeli nuoria ja hieman vanhempia ihmisiä ulkoterasseilla. Näin heidän nauravan ja nauttivan virvokkeista, kahvista ja toistensa seurasta. Lokit huusivat kilpaa kirkuvien tiirojen kanssa ja kärttyilivät mahdollisia herkkupaloja, joita ohikulkijoilta vahingossa tipahtaisi maahan. Kertaakaan en ollut vielä nähnyt, että yksikään lokki tai tiira olisi kenenkään kädestä ryöstänyt makupalaa. Tuomiokirkon kello pamautti kerran merkiksi siitä, että kello oli tasan yksi iltapäivällä ja samaan aikaan ambulanssi viiletti vilkut ulvoen joen toisella puolella. Päätin istahtaa erään poppelin alla olevalle penkille ja lepuuttaa maitohapolla olevia jalkojani, otin taskustani "simpukkapuhelimeni", aukaisin sen läpän ja aloin näppäillä Jasperin numeroa 050-………

- Mäntymaa, Jasper vastasi virallisen oloisesti.

- Minä tässä, vastasin hieman epävirallisemmin. Ääneni kuulosti tosin niin aralta, että Jasperin oli pakko kysyä – Mikä hätänä?

En osannut vielä puida uutisiani sanoiksi, joten sanoin vain aluksi, että ei mikään ollut hätänä, mutta sitten rohkaisin mieleni ja päätin paukauttaa vauvauutiseni suoraan, mitään kiertelemättä.

- Kävin juuri terveyskeskuksen laboratoriossa jättämässä virtsanäytteen raskaustestiä varten, tulos oli positiivinen, voitko kuvitella, meille tulee vauva.

Yritin kertoa uutisen mahdollisimman selkeästi, jotta nuori mies ymmärtäisi, mitä olin sanomassa. Puhelimen toisessa päässä vallitsi täysi hiljaisuus, pitkä piinaava hiljaisuus. Ajattelin jo pahinta, että Jasper olisi suuttunut tai järkyttynyt suunnattomasti uutisestani. Mieleni valtasi suuri helpotus, kun kuulin pitkän hiljaisuuden jälkeen vihdoinkin Jasperin äänen, vieläpä iloisen äänen.

- Ei voi olla totta. Tuleeko minusta isä? Ethän juksaa?

- En juksaa, totta se on, minusta tulee äiti ja sinusta isä. Vastasin hyvin huojentuneena.

- Voi rakas, Jasper sanoi ja jatkoi innostuneesti, - minä rakastan sinua suunnattomasti. En millään malta odottaa, että työpäiväni päättyy. Saanko kertoa isälleni? Hän kysyi.

- Sovitaanko, että ei ihan vielä. Tämä raskaus on vasta niin alussa, että voi tapahtua vielä ihan mitä tahansa. Sovitaanko, että odotellaan vielä pari viikkoa ennen kuin ilmoitellaan kenellekään tästä vauvasta, sanoin hieman sydän pamppaillen, en halunnut vielä kertoa kenellekään, ei vielä, halusin ensiksi sopeutua ajatukseen, että sisälläni kasvaa uusi ihminen, uusi elämän alku.

* * * *

Maailma meni sekaisin, kun kerroimme vanhemmillemme raskaudestani. Isäni ei oikein aluksi saanut sanaakaan suustaan, mutta pahimman järkytyksen yli päästyään hän vaivalloisesti onnitteli

118

minua sekä Jasperia. Äiti oli tietenkin iloinen ja alkoi intoilla lapsen hoidoista ja sen sellaisista jutuista.

Minä en siihen muuta kuin hymyilin vienosti peittääkseni paniikinomaisen tunteeni myllerryksen, joka vaivasi sieluni syövereitä. Pikkuveljeni kiljahtivat riemusta kuullessaan uutisen minulta ja huutelivat yhteen ääneen: – Meistä tulee enoja, meistä tulee enoja, ja hyppivät sinne tänne riemuissaan.

- Vauva saa sitten leikkiä minun autoillani, sanoi Sami. Riku ei niin intoilut omistaan tavaroista, sen sijaan lupautui auttamaan vauvan hoidossa. Minä kiitin rakkaita pikkuveljiäni hymyillen heille. Katsoin koko ajan Jasperin reaktiota, kävihän kaikki vähän liiankin nopeaan tahtiin. Olimmehan vasta vajaat vuosi sitten tavanneet ja nyt jo asuimme avoparina ja meille oli tulossa lapsi. Itse olin kyllä ihan pyörällä päästäni tästä kaikesta. Vielä sekaisempi olotila tuli, kun huomasin, kuinka tyynesti mies otti tämän kaiken vastaan. Kaiken huipuksi, kun siinä vanhempiemme luona joimme päiväkahvia, Jasper otti farkkujensa taskusta pienen tummanpunaisen korurasian, hän polvistui eteeni ja aukaisi sen rasian ja kysyi ne sanat, joita olin jo jonkin aikaa pelännytkin kuulevani.

- Tuletko vaimokseni, kun toi pikkuinenkin on tulossa? Jasper kysyi. Katsoin rasiassa olevaa kalliin näköistä timanttisormusta, siinä kiilsi yksi pienehkö timantti ja se oli kaunista valkokultaa. Katseeni siirtyi äitiini, näin kuinka odottavaisin ilmein hän katsoi minua. Siron ja kauniin ruskeahiuksisen naisen

119

smaragdin vihreät silmät loistivat kuin tuhannet tähdet taivaalla. Siinä valkoisen ruokapöydän, valkoisella tuolilla kädet ristittyinä sylissään, punaisen mekon päällä, näin kuinka rakas äiti odotti toiveikkaana myöntävää vastausta. Katseeni siirtyi isääni, joka oli jo aikaisemmin siirtynyt olohuoneen puolelle. Hän esitti poissaolevaa, kuinkas muutenkaan ja minua alkoi jopa hieman säälittämään isä, joka yleensä oli niin määrätietoinen ja hallitseva mies, joka nyt, ensi kertaa elämässään oli täysin sanaton. Isä näytti vanhenevan vuosilla tuona hetkenä. Hänen tummanruskeat hiuksensa olivat harmaantuneet hieman ja hänen ruskeiden silmiensä elämän palo oli tyystin himmentynyt. Vanhan miehen hahmo istui hieman kyyryssä tyylikkäällä nahkasohvallaan ja selasi tv-kanavia. Muut keittiön pöydän ääressä istuvat rakkaat läheiseni katsoivat minua. Tunsin, kuinka piinaavan paineen alla aloin panikoida ja tunsin, kuinka odottavaiset katseet porautuivat mieleeni kuin yrittäen saada selville, mitä aion vastata tuolle eteeni polvistuvalle ja kosivalle miehelle, jota tuskin tunsin. Tiesin vain, että hän oli töissä, tunnollinen ja varakkaasta perheestä. Ja, että minä, Susanna Jääskeläinen, odottaisin tuolle sadun prinssille lasta. En pystynyt vakaumuksestani huolimatta tuossa tilanteessa täysin kieltäytymäänkään, joten vastasin hieman ääni väristen:" Tulen vaimoksesi." Sen sanottuani tunsin, kuinka suuri kivi alkoi painaa omaatuntoani, olin todella vihainen itselleni, että

120

suostuin menemään avioliiton kahleisiin. Äiti nousi tuoliltaan ja kiersi valkean pöydän meidän luoksemme ja otti minut ja Jasperin hellään syleilyynsä. - Onnea! Rakkaat lapsukaiset. Äiti sanoi ja moitti miestään, kun ei hän muuta tehnyt kuin katsoi vain televisiota. - Sano nyt sinäkin jotain! Äiti komensi isää jo hieman närkästynyt äänensävy äänessään. - No onnea nyt sitten, tokaisi sohvalla röhnöttävä hetkessä ikääntynyt ukko. Äänessään pientä välinpitämättömyyttä, kuin ennustaen huonoa tulevaisuutta minulle ja Jasperille. Tuokion siinä vielä vietimme aikaa ja keskustelimme tulevasta, äiti tietenkin kertoi, mitä kaikkea vastuuta pieni ihminen toisi meille. Minä puolestani tietenkin yritin vakuutella vanhemmilleni olevani jo aikuinen ja tietäväni lastenhoitajana, mitä vastuuta pieni käärö meille toisi. Isä oli vaitonainen.

Käännyin Jasperin puoleen, nyökkäsin alatason ulko-ovea kohti merkiksi siitä, että olin halukas palamaan Sibeliuksenkadulle, Turun kaupunkielämään, josta niin kovasti nautin.

* * * *

Sunnuntaiaamu. Puutori heräsi pikkuhiljaa, sitä mukaa kun aurinko alkoi valaista suurta aukiota. Lähiseutujen linja-autot ajoivat omille laitureilleen ja jäivät odottelemaan ensimmäisiä asiakkaitaan. Koko Turku heräsi pikkuhiljaa.

Sibeliuksenkadun talommekin alkoi heräillä. Rappukäytävästä kuului kiireisiä askeleita ja postiluukkujen kolinaa, kun lehdenjakaja jakoi mainoslehtisiä. Lasten ääniä alkoi kuulua sisäpihalta. Naurun ja riemuntäyteisiä elämänääniä, joihin sekoittui lokkien kimakka huuto. Jasper oli jo aikaisemmin noussut ylös keittääkseen minulle kahvia tuodakseen maittavan aamiaisen sänkyymme. Minä lepäilin sängyn pohjalla vielä ja katselin vasemman käteni nimetöntä, jossa komeili kaunis valkokultainen, vaatimattoman timantin koristama sormus. Katselin sormusta hieman hämilläni, sillä en tuntenut mitään äärimmäistä riemun tunnetta. En tiedä, olisiko pitänyt leijua jossain sfääreissä vai olinko vain niin kiittämätön tuota miestä kohtaan. Miksi edes ajattelin näin oudosti? Minähän rakastin omaa komeaa miestäni, vai rakastinko? Aloin epäilemään rakkauteni aitoutta, sillä en tuntenut samoin kuin tunsin Tonia kohtaan joskus aikoinaan, tai oikeastaan vieläkin.

Kuulin, kuinka Jasper hääri ja kolisteli keittiön puolella. Hetken hiljaisuuden jälkeen hän aukaisi makuuhuoneemme oven ja astui huoneeseen varovaisesti kantaen aamiaistarjotinta vahvoilla käsillään yhtään läikyttämättä kahvia mukista, taitavaa ajattelin. Hän laski tarjottimen sänkymme vieressä olevan yöpöydän tasolle ja istahti viereeni ja kysyi matalalla ja miehekkäällä äänellään: – Rakkaani, miltä tuntuu olla kihloissa? Minä ainakin olen ikionnellinen. En tiennyt, kuinka vastaisin hänelle, kuinka voisin sanoa, että olin onneton. Kuinka voisin sanoa hänelle, etten halua naimisiin hänen kanssaan?

Katsoin vielä kerran vasemman käden nimettömässä valossa kimaltavaa yksinkertaista sormusta, jossa timantti kiilsi kuin tähti - yksi tähti vain, jonka joku oli saanut kiinni taivaalta ja vanginnut tuohon sormukseen ja nyt orpo yksinäinen tähti yrittää teennäisesti tuikkia sormessani kuin se olisi iloinen, mutta todellisuudessa se huusi apua.

-Juu, olen onnellinen, sanoin ja hymyilin teennäisesti.

-Valmistaudu, pian tulee minun äitini ja isäni tänne kylään. Muistatko? Jasper jatkoi inhottavan innostuneena.

-Joo...muistan, sanoin vähän harmissani ja samalla olin hermostunut tästä tilanteesta. Miten he oikein ottavat tämän uutisen vastaan? Jasper oli sanonut vain puhelimessa äidilleen, että tulisivat tänään meille kahville, koska meillä oli tärkeää asiaa. No tottahan toki tuosta voi itse kukin päätellä mitä asia koskee, joko ilmoitus kihloista tai vauvan tulosta. Meidän ilmoituksemme sattuu nyt koskemaan kumpaakin asiaa yhtä aikaa, hymähdin mielessäni.

Juotuani kahvin ja syötyäni makoisan voileivän, jossa oli paksulti flooraa, oltermannia, lauantaimakkaraa, salaattia ja tomaattia, jota muuten söin suurella nautinnolla pitkittäen makoisaa makuelämystäni. Nousin sängystä valkoinen ohut yöpaita ylläni ja raahauduin hieman unisena

123

vastakkaisella puolella sijaitsevaan vessaan. Tuntui kuin rakko olisi ollut halkeamispisteessä. Voi sitä nautinnollista oloa, kun viimein sain piinaavan tunteen pois kontoltani, ajattelin vain mielessäni, että tällaistako tämä tulee olemaan, koko yhdeksänkuukautta? Pelkkää virtsaamista. Sitä vain ihmettelin, ettei minkäänlaisia pahoinvointioireita minulla ilmennyt aamuisin, olenko ollut niin onnellisessa asemassa? No pitää varmaan olla sitten tyytyväinen, että raskaus oli alkanut näinkin helposti.

Lähetin Jasperin hakemaan läheisestä konditoriasta makoisia leivonnaisia, croissanteja, korvapuusteja ja tuoretta patonkia kahvituokiota varten ja tietenkin pyysin hänen tuomaan läheisestä hampurilaispaikasta ihanaa kalahampurilaista, ranskalaiset kolan kera, jotenkin minulla oli himo tuohon kalahampurilaiseen. Lisäksi suurin himoni oli salmiakki ja raaka voitaikina. No huh, ajattelin mielessäni, minusta tulee tätä menoa melkoinen norsu, jospa Jasper rakastaa minua, vaikka olisinkin valtava norsu.

* * * *

Kello läheni kahta iltapäivällä, aurinko porotti kuumasti huoneistoomme, joten vedin sälekaihtimet kiinni, jotta huoneistomme edes hieman viilentyisi. Jasper istui nahkasohvallamme olohuoneessa ja puhui kaverilleen kännykkään: "Joo, me kovasti jo suunnitellaan hääpäivää". Joopa joo...ei todellakaan

124

olla vielä suunniteltu, muistaakseni olin vain sanonut, että katsotaan sitten, kun vauva olisi syntynyt, niin ja jos se syntyy ollenkaan elävänä, mitä vain voi mennä pahasti pieleen. Näin minä aina ajattelin, kun asiat sujuivat liiankin hyvin. Olin siinä suhteessa liian pessimistinen, eihän minulle mitään hyvää voi tapahtua, minulle, jota oli aina kouluajoista lähtien jollain tapaa lannistettu tai pilkattu, jos annoin menestyksen tai onnistumisen merkkejä. Joten, miten pystyisinkään iloitsemaan tästäkään raskaudesta täysin rinnoin. Olin juuri kattamassa ruokapöytää keittiössä, kun ovikello soi kipakasti. Jasper meni aukaisemaan oven. Enkä voinut erehtyä millään, ketkä sieltä tulivat. - Voi pientä äidin pikku miestä. Onnea, et ole enää mikään pikku poika, sinusta tulee isä. Voi onnea myös pikku- äidille, Jasperin äiti sanoi heti, kun ovi aukaistiin. Mikä pikku- äiti minä olin, mieleni kuohui ja pelkäsin, että minun kiukkuni näkyisi kasvoiltani. -Kivaa kun minusta tulee pappa, tokaisi Jasperin isä.

Kaikkien ylimenneiden kohteliaisuuksien ja kommenttien jälkeen siirryimme pikkuhiljaa kahvittelemaan keittiön puolelle. En kuunnellut puoliakaan, mitä tuleva anoppini hössötti koko kahvituksen aikana. Tuleva appiukko taas seurasi minun ilmeettömiä kasvojani tarkasti. Hän taisi lukea ajatukseni, joten ilmoitti vaimolleen meiltä huomaamatta, että voisivat pikkuhiljaa joko poistua takavasemmalle tai vaihtaa puheenaihetta. Hänen

125

pieni, mutta kohtelias ele sai minut viimeinkin luomaan pienen hymynvirneen kasvoilleni, tosin hymyn kohdistin ainoastaan Jasperin isälle.

-Voi olinpa minä tahditon, Jasperin äiti vastasi melkoisen vaivalloisen oloisena ja yritti peitellä hymyllään vaivautunutta olotilaansa.

-Milloin häät pidetään? Hän jatkoi. Mitä, ei ole totta, huusin mielessäni ja katsoin Jasperia, joka istui vieressäni.

- Sano sinä, kun olet jo melkein päivämääränkin ilmoittanut kaverillesi, kysymättä minulta passaako? Olin hyvin epätoivoinen ja närkästynyt. Jasper katsoi minua pieni virne kasvoillaan ja sanoi:

-No ei me vielä olla mitään päätetty, mutta kävisikö siinä heinäkuussa? Hän katsoi minua silmissään kysyvä ilme, mutta suu hymyili. Ristiriitaisia viestejä, ajattelin, liian ristiriitaisia viestejä. Tuleva appiukko vastasi epäilevään katseeseeni hymyllä.

-Kiitos kahvista ja ihanista uutisista, appiukon tekele sanoi ja samalla nyökkäsi vaimolleen, - Meidän olisi aika pikkuhiljaa poistua, pitää vielä käydä Anttilassa ostoksilla.

-Tehän voisitte tulla mukaan, tokaisi anopin tekele äkisti. – Ostetaan tulevalle pienokaisellekin jotain, hän jatkoi.

-Ok, voidaan me mukaan lähteäkin, Jasper sanoi ja samalla nyökkäsi minulle kuin hakeakseen vielä minunkin hyväksynnän päätökselleen. Nyökkäsin takaisin ja aloin laittaa jalkaani matalapohjaisia sandaalejani.

* * * *

Koko poppoo valtasi Anttilan lastentarvikeosaston. Tuleva anoppi hössötti pienten ja söpöjen lastenvaatteiden kanssa. -Eikö olekin tosi sievä merimiespotkupuku, hän sanoi ja heilutteli silmieni edessä poikavauvalle sopivampaa potkupukua. Poikavauvalle, mitä jos se onkin tyttö? Miksi kaikki vielä ajattelevat niin että vatsatulokas olisi aina poika? Miten kävisi, jos tulisikin vain poikia? Ajattelin mielessäni ja nauroin omille ajatuksilleni hiljaa.
-Oletko varma, että tulokas olisi poika. Sain sanotuksi huvittuneen olotilani sekaisesta tunteesta huolimatta ja hymyilin anopilleni vienosti.
-No tokihan se voi tyttökin olla. Sanoi Jasperin äiti ja laittoi kieltämättä söpön potkupuvun takaisin hyllyyn, hieman alakuloisen näköisenä.

Viimein kaikki "tarpeellinen" tuli ostettua. Ostoksiin kuului: pinnasänky, lastenvaunut, vauvan amme, tuttipulloja, tutteja, turvakaukalo ja seitsemän erilaista potkupukua, väriltään vaaleanvihreitä ja vaalean keltaisia. Olimme varmaan hupaisa näky, kun jokaisella oli jotakin käsissään, kuin muuttoa tekevä väki, joka valtasi rappukäytävän kierreportaat.

Sievään kotiimme päästyämme anoppi ja appiukko sanoivat viimeinkin lähtevänsä omaan kotiinsa Kaarinaan. Me aloimme valmistella iltapalaa, joka oli paahtoleipää appelsiinimarmeladin kera. Sen jälkeen kummatkin kaaduimme sänkyymme rättiväsyneenä ja onnellisena, että tämä päivä oli vihdoinkin ohi. Minun piti kuitenkin kysyä Jasperilta, että miten hänen vanhempansa jo tullessaan tiesivät uutisesta, vaikka olin vannottanut hänelle, ettei kukaan saanut vielä tietää ennen kuin olisimme yhdessä sovittu asiasta.

-No pääsi unohtumaan meidän tekemä sopimus, Jasper tokaisi. Hän hymyili minulle ja antoi suukon poskelleni ja vatsalleni. – Hyvää yötä. Hän sanoi.

9

1994

"Syntymä, kauneinta elämässä."

Oli jälleen kerran uusi vuosi ja uudet kujeet. Olin lähtemässä ihanan avopuolisoni kanssa juhlimaan vuoden vaihtumista hänen kaverinsa Tobiaksen mökille Rauhakylään. Ylläni oli jazzmalliset äitiyshousut ja äitiyspaitapusero, sillä vatsani oli suurentunut. Olinhan viimeisilläni raskaana. Enää kuukausi laskettuun aikaan, vain kuukausi. Minua alkoi ajatus jännittämään, siitä miten kaikki menee? Sekä jäänkö henkiin? Kauheaa, jos minulle tai vauvalle sattuisi jotain, ei, Susanna älä edes ajattele moisia asioita, ajattele iloisia asioita. Ajattele, että joudut kuskiksi Jasperille ja kolmelle hänen kaverilleen, joita et kunnolla edes tuntenut. Kalle, Tobias ja Nikke, taisi olla sen kolmikon nimet. No kai tämäkin ajatus oli jollain tapaa iloinen ajatus. Katsoin Jasperia ja huomasin, kuinka hän alkoi jo hieman hoipertelemaan juotuaan vasta muutaman pullollisen kaljaa, kiva ilta tulossa, ajattelin. Minua ärsytti suunnattomasti tämä alituisesti kasvava vatsa. Öisin ei

129

saanut nukuttua, kun "olio" potki minua kylkeen, jos nukuin kyljelläni. Taikka jos olin selälläni, vatsa painoi liikaa ja hengittäminen oli tosi raskasta. Voisitko jo syntyä? Helpottaisi äidinkin oloa, äiti, outoa ajatella näin, olen vasta kaksikymmentäyksi vuotias ja olin jo tulossa äidiksi.

Sain vaivoin pitkät matalapohjaiset talvisaapikkaani jalkoihini, tai oikeastaan Jasper ne saapikkaat veti pienessä huppelissa minun jalkaani. Hän ojensi myös herrasmiehen elkein tummansinisen ylisuuren toppatakkini minulle ja auttoi sen ylleni, kiitin kohteliaasti.

-Jaksatko oikeasti valvoa ja ajaa autoa? Siellä on tosi liukasta ja olet vasta viime marraskuussa ajanut ajokortin, olen hieman huolissani. Siitäkin olen hieman huolissani, että meidän automme on ikivanha, voi tapahtua ihan mitä vain, hän sanoi minulle aidosti huolissaan.

-Joo, joo, kyllä minä uskallan ajaa liukkaalla ja pimeällä tiellä, kyllä minä jaksan valvoa, vastasin tuolle huolissaan olevalle humalaiselle miehelle, enkä halunnut antaa pienintäkään merkkiä siitä, että olin oikeasti hieman hermostunut.

* * * *

Vanha auto kulki verkkaisesti hiljaista Rauhakylän kylätietä. Alkupää tuosta tiestä oli asfaltilla, kunnes se muuttui kilometrin ajettuani soratieksi, tosin mitään soraa ei ollut näkyvissä, vaan

tietä peitti liukas jää, jonka pinnalla, kuin kirsikka kakun päällä oli sentin lumikerros. Oli tähti kirkas, kuulas pakkasyö. Hopeinen täysi kuu loisti koko komeudellaan taivaalla valaisten lumivalkean maaston kauttaaltaan. Liukkaalla ja mutkaisella tiellä kulkevassa, mustalla nahalla sisustetussa autossa oli verkkaisa tunnelma. Miten voikaan neljästä humaltuneesta miehestä tullakin näin paljon meteliä, ettei tarvinnut laittaa radiotakaan kovemmalle.
-Tänään pidetään hauskaa siellä mökillä, Nikke sanoi.
– Sinne tulee myöhemmin Lissu ja Sari, hän jatkoi. Tiesin noiden tyttöjen olevan Niken ja Kallen tyttöystäviä, mutta en ollut vielä kertaakaan nähnyt heitä livenä, olin vain kuullut miehiltä heistä ja tietenkin vain pelkkää hyvää. Mitäs muutakaan voi kuulla rakastuneilta humalaisilta ukoilta. Niin ja ne tissit, niitä miehet aina jaksoivat kehua, lähinnä kiusatakseen Jasperia, aivan kuin se olisi kultaani edes mitenkään kiinnostanut, millainen rintavarustus heidän tyttöystävillään oli.
-Laita radio kovemmalle, Tobias huusi kaikkien huutojen yli. Korvani alkoivat jo soida moisesta metelistä, vastasin melko tuimasti ja ärtyneellä äänen sävyllä: - Lopettakaa jo toi huutaminen, sitä paitsi radio ei ole ollut pitkään aikaan edes päällä enkä edes laita päälle tuota mölytoosaa, jos tällainen huuto jatkuu. Sen sanottuani autoon laskeutui syvä hiljaisuus, jonka Jasperin katuva anteeksipyyntö rikkoi.

Katsoin huvikseni peruutuspeiliin ja huomasin vasta nyt, kuinka pimeää oikeasti oli. Tuntui kuin ajaisi jossakin tuntemattomassa mustassa aukossa, joka nielaisee tämän auton sisuksiinsa. Vuoden viimeinen yö oli kuulas ja pakkasta liki miinus viisitoista celsius astetta. Täysikuu yritti valaista tätä vaarallisen oloista kylätietä, kuin yrittäen turvata tämän auton kyytiläisten loppumatkaa. Raivon sekaisin tuntein huomasin ajavani ylinopeutta, joten hidastin vauhtia hieman, sillä tie tuntui todella liukkaalta ja mutkat liian jyrkiltä. Vaikka ajoin vain viisikymmentä kilometriä tunnissa, tuntui kuin auto ei pysynyt hallinnassani. Olin kauhuissani, minä ison vatsani kanssa ensimmäistä kertaa liukkaalla tiellä vanhalla autollamme ja kyytiläisinä neljä metelöivää ja humalaista miestä. Ei katuvaloja missään, vain täydenkuun hopeinen valo näytti tietä ajovalojen lisäksi. Ajattelin vielä hidastaa vauhtia neljäänkymmeneen. Painoin hieman jarrua, mutta kauhukseni huomasin, etteivät jarrut tuntuneet ottavan kiinni ollenkaan, mieleeni hiipi pikkuhiljaa karmea ajatus, että tässä autossa ei ollut jarruja enää. Painoin jarrupolkimia uudestaan, ei tulosta vieläkään. Minua todella alkoi pelottamaan tämä tilanne, joten huusin kyytiläisilleni: - Nyt suut tukkoon, tässä autossa ei ole jarruja. Mitä minun nyt pitää tehdä, että pysytään tiellä? Se oli virhe, sillä jokainen mies auton sisällä alkoi yhteen ääneen neuvomaan, tietenkään en saanut mitään selvää, paniikki tai suorastaan kauhu valtasi mieleni. Käteni tärisivät ja kauhukseni huomasin, että yhtäkään taloa tällä tiellä ei ollut. Ylämäki muuttui alamäeksi ja aavistin, että auton vauhti vain kiihtyisi ja kiihtyisi. Tuntui kuin ajaisin suoraan pimeyteen - mustaan aukkoon.

-Apua, mitä minä teen, ei ole jarruja? Tajuatteko te? Huusin tällä kertaa kauhun vallassa. Ajattelin vain syntymätöntä lastani vatsassani, eikö sille suoda ensimmäistä hengenvetoakaan tässä elämässä? Herra auta! Ennen en ole rukoillut näin, nyt rukoilen ja hartaasti, auta meitä! Lupaan mennä naimisiin tämän lapsen isän kanssa ja olla tälle lapselle hyvä äiti, minä rukoilen, auta meitä! Huusin karmivasti, minua todella pelotti. Tuntui kuin kuolema olisi nauranut ja hieronut vain käsiään ja odotellut, koska pääsisi noutamaan viisi ja puoli viatonta ihmistä mukaansa tuonelaan. Minä huusin ja viiltävä huuto hiljensi autossa olijat: - HILJAA!

-Nosta jalka kaasulta, Jasper alkoi neuvomaan. Tottelin hänen pyyntöään.

-Sitten, kun vauhti hiljenee, ala pelaamaan käsijarrun kanssa, vedä hitaasti ja lyhyissä pätkissä pikkuhiljaa sitä käsijarrua, hän jatkoi. Kuulin, kuinka Jasperin äänessä alkoi olla pelon sävyä, mutta minun paniikkini takia hänen piti puhua rauhallisesti ja rauhoitella mieltäni. Aikani siinä jouduin jarruttelemaan käsijarrulla ja samalla toisella kädellä ohjasin hallitsematonta autoamme. Tunsin viimein vauhdin hidastuvan ja viimein se pysähtyi kokonaan keskelle tietä, juuri ennen kuin uusi ylämäki olisi alkanut. Hetken hiljaisuus valtasi auton sisällä, kunnes Nikke alkoi hermostuneesti nauramaan. Tuokion kuluttua vanhassa tummansinisessä autossa raikui aluksi hermostunut nauru, mikä muuttui pikkuhiljaa helpottuneen oloiseksi nauruksi. Me olimme kaikki ehjinä, jopa vatsan asukkikin. Me tulisimme ikuisesti muistamaan tämä erilainen mieleenpainuva uusi vuosi.

-Miten me päästään täältä pois ja kuinka pitkä matka vielä on teidän mökillenne? Kysyin samalla kääntyen Tobiaksen puoleen.

-Ei pitkälti, ehkä noin kolmen kilometrin kävelymatka tästä vielä, hän vastasi, ääni vielä pelosta väristen. – Me voidaan kävellä loppumatka, hän jatkoi.

Katsoin pimeyteen, mustaa, kaikkialla pelkkää mustaa. Aloin kuuntelemaan metsän pelottavan hiljaisia ääniä. Vilkas mielikuvitukseni alkoi saada mieleni valtaansa, kuvittelin kuulevani susien ulvontaa ja outoja salaperäisiä ääniä. En vain uskaltanut kertoa noista äänistä muille, oloni oli kuin olisin jossain kauhuleffassa. Jasper penkoi autoa ja löysi sieltä kaksi taskulamppua, antoi toisen Tobiakselle, jonka jälkeen neljä rohkeaa miestä alkoivat työntämään autonromuamme syrjempään, ajotieltä ja sammuttivat auton moottorin. Jasper laittoi auton avaimet takkinsa sivutaskuun ja samalla sytytti taskulamppunsa valon päälle, Tobias teki samoin oman taskulamppunsa kanssa. Kohta jo tämä nelikko lähti kävelemään taskulamppujensa valossa kohti määränpäätänsä viettämään ikimuistoista uutta vuotta.

* * * *

Tammikuun viimeinen lauantai aamu valkeni hyytävän kylmässä pakkassäässä. Vatsanasukin h-hetki lähestyi uhkaavasti. Laskettuun aikaani oli enää viikko jäljellä. Minua paleli ja olin ihmeen hermostunut, mikähän minua näin pistää hermostumaan, ajattelin hämilläni. Kietouduin kahteen täkkiin, jotta en paleltuisi aivan kokonaan. Tuntui myös siltä, että pieni vatsan asukkinikin oli kylmissään. Tunsin, kuinka se kieri levottomasti ahtaassa vatsassani etsien parempaa asentoa. Silitin alati paisuvaa kumpuani rauhoitellakseni pienokaisen levotonta mieltä. Jasper oli töissä, olin siis aivan yksin kotona. Ajattelin vähän myöhemmin, aamupalan syötyäni, lähteä kävelylle kaupungin ihanaan sykkeeseen. Kuulin, kuinka talon toiselta puolelta kantautui korvia huumaava renkaiden kirskuntaa ja torvien töötöttelyä vilkkaalta kadulta, kun kaupunkilaiset kiirehtivät työpaikoilleen tai mihinkä lienee, kukin omaan suuntaansa. Minä aloin ladata kahvinkeitintä ja painoin nupista viininpunaisen keittimen päälle. Samalla kun kuuntelin kahvinkeittimen porisemista, aloin selailemaan Turun Sanomia. Minulla ei ollut kiire mihinkään, sillä olin jo tuon tapahtumarikkaan uudenvuoden jälkeen jäänyt

135

äitiyslomalle, olin vain kotona ja kasvattelin vatsassani oleilevaa asukkiani. En kerennyt siemaisemaan kahvikupistani pisaraakaan, kun tunsin kipeää vihlontaa alavatsassani. Vihlonta tuntui samanlaiselta kuin aikaisemminkin tuntemani vihlonnat, joten en reagoinut siihen kipuun mitenkään, jatkoin vain aamukahvini juomista ja aamun lehden tuoreimpien uutisten lukemista. Voi kuinka ensimmäinen kuppi kahvia aamuisin voikin maistua näin hyvältä. Halusin nauttia paahteisesta mausta mahdollisimman pitkään. Aurinko häikäisi silmiäni, joten laskin rullaverhon alemmas, samalla huomasin sisäpihan poppelin alla jo talon lapsien leikkivän leikkejään. Hymyilin näylle ja samalla kuvittelin meidän lapsemme leikkivän tuon saman puun alla. Käännyin jääkaapille ja otin esille voileipätarpeet; voin, juuston ja lauantaimakkaran jälkeen sieppasin Mehukattipullon ja laitoin sen muiden elintarvikkeiden viereen keittiön pöytätasolle. Samaan aikaan tunsin samanlaisen kivun alavatsassani kuin aikaisemminkin, mutta tällä kertaa se tuntui hieman voimakkaammalta kuin edellinen kipukohtaus. Jouduin jopa ottamaan lähimmästä pöytätasosta tukea ja aloin hengittämään voimakkaammin sisään helpottaakseni riipaisevan kivun voimistuvaa tunnetta. Pitäisikö soittaa Jasperille, ajattelin, ei sittenkään vielä, totesin aika äkkiä, sillä kipu loppui yhtä nopeasti kuin oli alkanutkin. Oikeastaan kivut lakkasivat kokonaan, sain jatkaa aamutoimiani kaikessa rauhassa.

Aloin pukeutua ulosmenoa varten. Katsoin ulkolämpömittaria, joka sijaitsi keittiön ikkunamme ulkopuolella, miinus kymmenen celsiusastetta se näytti. Katsoin taivaalle, jonka huomasin olevan tummien pilvien peitossa, varmaan pian alkaisi satamaan lunta, ajattelin ihastuneena. Rakastin pikku pakkasia sekä kevyitä lumihiutaleita, silloin tunsin olevani elossa, kun yksittäinen kevyt lumihiutale koskettaisi kasvoni ihoa, kuin tuoden terveisensä enkeleiltä. Laitoin ylleni ensin isohkon sinisen kerraston, johon kuului housut ja pitkähihainen poolokauluspaita. Vielä kerraston päälle ujutin pääni yli korkeakauluksisen vihreävalkoraitaisen villapaidan, jonka äiti oli tehnyt. Jalkaani änkesin väljät äitiystoppahousut, jonka jälkeen katsoin eteisessä olevaan kokovartalopeiliin ja nauroin ääneen siitä heijastuvaa huvittavaa näkyä, olin kuin isovatsainen Michelin-ukko valmiina tutkimusretkelle. Laitoin vielä jalkojani lämmittämään Kuomat, jotka ainoastaan sain enää yksin jalkaani, sekä puisen lipaston laatikosta otin lämpimät toppahanskat ja henkarikaapista ottamani tummansinisen toppatakkini kiepautin nopeasti ylleni. Vihdoinkin olin valmis talviseen lenkkeilyyn.

Astuin kerrostalostamme ulos kadun puoleisesta ovesta. Eteeni avautui Puutorin pakkasesta huurtuneet vanhat tammet, jotka olivat kuin taideteoksia tomusokerikuorrutteineen ja niiden huurtuneista oksista roikkui siellä täällä teräväkärkisiä jääpuikkoja. Puutorilla oli paljon ihmisiä asemalaitureillaan odottamassa linja-autoja, jotka eivät ole tulleet vielä laitureilleen, tosin samaan ajatuksenjuoksuun totesin myös, että Raision auton laiturikin näytti olevan tyhjä. Vain matkustajat kylmissään värjöttelivät sen laiturin kohdalla, josko se auto jo pian suvaitsisi saapua. Katsoin noita hyisessä säässä hytiseviä ihmisiä, jotka vähän väliä vilkaisivat rannekellojaan ja hieman hyppelivät paikoillaan pitääkseen itsensä lämpiminä. Olin onnellinen, etten törmännyt rappukäytävässä Toniin, olisin varmaankin vain arkisesti tervehtinyt häntä, arkisesti – se sana kuulostaa kylmältä, yhtä kylmältä kuin oli tämä ilmakin.

Lähdin kävelemään Brahenkatua alaspäin kohti jokirantaa. Olin jo melkein Linnankadulla, kun alkoi satamaan lunta hiljalleen, pikku pakkanen ja lumisade, minun lempi sääni. Hidastin askeleitani, jotta saisin mahdollisimman monta lumihiutaletta kasvoilleni. Olin todella helpottunut, että vatsan asukkinikin oli hieman rauhoittunut keinuvasta liikkeestä, jonka vaappuva askeleeni aiheutti. Viimein pääsin Aurakadulle, ihan jokirantaan. Päätin kävellä tuota katua jonkin matkaa, ennen kuin kääntyisin kotiin päin. Voi kuinka raitis ilma rauhoitti mieltäni, joten korttelin verran vielä kävelin eteenpäin, jonka jälkeen käännyin takaisin Linnankadulle. Askeleeni oli verkkaisa ja aloin jo tuntea pientä nälänpoikasta, joten päätin poiketa paluumatkalla Puutorin hampurilaispaikassa, herkullinen kala-ateria odotti siellä juuri minua ja vatsani asukkia.

* * * *

Päivä kului nopeasti. Jasperkin ilmaantui viiden aikaan illalla kotiin. Istuimme keittiön ruokapöydän ääreen ja aloimme nauttia makoisaa kalakeittoa, jonka valmistin jo aikaisemmin päivällä. Katsoin Jasperin ahnasta ahmimista ja hymyilin hieman.

-Miten päiväsi on kulunut tänään? Hän kysyi vihdoinkin minulta.

-Kiitos kysymästä, ihan mukavasti olen saanut aikani kulumaan, vastasin ja hymyilin vienosti tuolle raskaan työn raatajalle. Päivällinen oli syöty ja aloin kerätä likaisia astioita pesualtaaseen tiskatakseni ne, kun tunsin taas kipua alavatsassani. Voihkaisin kipakasti, tajuntani huumaava viiltävä kipu iski nivusiini. Ääneni pelästytti Jasperin.

-Oletko kunnossa? Mene makoilemaan sohvalle, kyllä minä voin tiskata ja laittaa keittiön kuntoon, hän sanoi ja talutti minut oikeasta kyynärästä tukien olohuoneen mustalle nahkasohvalle lepäämään. Pääni alle hän toi vielä makuuhuoneesta pehmeän tyynyn, jotta oloni olisi mahdollisimman mukava. Meni tovin siinä makoillessa sohvan nurkassa, kunnes nukahdin, ilmeisesti olin nukahtanut pitemmäksikin aikaan, sillä kun heräsin uuteen kipuun alaselässäni, kipu kohdistui nivusiini ja tuntui paljon kivuliaammalta kuin edelliset kivut, vilkaisin kirjahyllyllä olevaa kelloa, se näytti olevan tasan kahdeksan illalla. Olin nukkunut siis kaksi tuntia syvää sikeää unta. Oloni oli liiankin pirteä, mahdanko saada enää untakaan, ajattelin mielessäni. Uusi kipu tuli taas, se poltti ja tuntui, kuin lantioni alkaisi repeytyä hitaasti ja tuskallisesti, nämä ovat varmaankin niitä supistuksia.

-Jasper, meidän on aika lähteä TYKS: iin, huusin tuskissani, sillä uusi supistus tuli melko pian edellisestä tuskaisesta kivusta. – Nyt heti...tilaa vaikka taksi, jos et pysty itse ajamaan, ääneni alkoi kuulostaa jo melko ärtyneeltä. Jasper tuli makuuhuoneesta puolijuoksuaskelin.

-Joo, minä soitan. Missä on puhelinluettelo? Koeta kestää...eihän se synny vielä? Nuori mies sanoi paniikinomaisella äänensävyllään. Hän otti luettelon eteisen puhelinpöydän laatikosta ja alkoi selaamaan keltaisia sivuja ja löysi kuin löysikin melko pian Turun taksin numeron. Soitti tuohon numeroon ja pyysi kuskia kiirehtimään.

Minulla oli yllä vain samettinen oloasu ja jalassani tennissukat. Hiuksenikin olivat aivan sekaisin, kuparinväriset kiharani sojottivat sinne ja tänne kuin metsänpeikolla, olin varmasti hirvittävä näky. Yritin harjata vallattomia kiharoitani, kun Jasper sanoi – Anna olla niiden hiuksien, olet todella kaunis juuri noin, mehän ollaan menossa sairaalaan eikä mihinkään juhlimaan. Tule rakkaani, laita vain Kuomat jalkaasi ja toppatakkisi yllesi, niin mennään jo aulaan odottelemaan taksia. Tein työtä käskettyä ja olin jo sulkemassa huoneistomme ovea, kun muistin, ettei meillä ollut mitään valmiiksi pakattua kassiakaan mukana. Mainitsin tuosta erehdyksestä tulevalle nuorelle isälle ja nauroin hermostuneesti.

-Ei haittaa ollenkaan, kerro vain mitä tarvitset, niin tuon ne jälkeenpäin sairaalaan, nuorimies sanoi rauhallisella äänellään.

* * * *

Saavuimme vihdoinkin aulaan, huomasimme taksin jo odottelevan kadulla. Nojasin Jasperia vasten, sillä käveleminen alkoi tuntua melko hankalalta. Ystävällinen taksikuski huomasi tilanteeni ja riensi apuun, hän aukaisi ulko-oven meille ja piti sitä kohteliaasti tovin auki, sitten hän siirtyi autonsa luo ja aukaisi talonpuoleisen autonoven meille ja auttoi minut takapenkille istumaan. Jasper ryntäsi pelkääjänpaikalle ja hoputti kuskiakin jo tulemaan paikalleen. Hitain ja rauhallisin elein keski-ikäinen miestaksikuski kiersi autonsa kuskinpuolelle ja istahti ratin taakse. – Käynnistä jo tämä auto, Jasperin äänessä oli jo hieman käskevä sävy. Minun kipuni olivat voimistuneet, tuntui siltä kuin vatsani asukilla olisi jo kovakin kiire nähdä tämä maailma. – Koeta pysyä siellä turvassa vielä tovin, sanoin vatsalleni ja samalla silitin räjähtävää kumpuani hellästi. Aloin hyräillä tuutulaulua, jota olin jo hyräillyt raskauden alkuajoista lähtien. Tunsin, kuinka vatsani asukki rauhoittui ääneni kuultuaan.

Viidentoista minuutin kuluttua taksimme saapui TYKS:n keskustan puoleiseen päätyyn, jossa sijaitsi synnyttäjien osasto. Jasper ryntäsi auton takaovelle ja meinasi liukastua jäisellä asfaltilla kohtaan, joka oli jäänyt hiekoittamatta. Hän aukaisi pelkääjänpuoleisen takaoven, jossa istuin. Auttoi minut ylös taksista ja sanoi kuskille maksavansa laskulla tämän matkan, onneksi se menetelmä passasi kuskille ja hän alkoi kirjoittamaan laskua. Hän ojensi melko kattavan laskun Jasperin käteen ja kurvasi verkkaisesti paikalta.

Synnyttäjien osaston hoitaja oli sairaalan liukuovilla vastassa. Silmäilin sisar-hento-valkoista kihlattuni kainaloiden välistä, sillä jouduin ottamaan kummallakin kädellä tukea, lievittääkseni tajuntani lamaannuttavaa kivuntunnetta, niin kipeä supistus tuli tällä kertaa.

Kaunis nuori vaaleatukkainen nainen valkoisessa hoitajatakissaan, joka hymyilevin punatuin huulin toivotti nuoren perheen tervetulleeksi synnytysosastolle. Hän otti minun toisesta kainalosta tukevan otteen, helpottaakseen kävelyäni ja lieventääkseen Jasperin taakkaa. Yllätyin tuosta otteen lujuudesta, sillä en olisi päältäpäin arvannut sisarhentovalkoisen pystyvän näinkin voimakkaaseen puristusotteeseen. Katsoin hoitajaa hyvin yllättynyt ilme kasvoillani. Hän näki minun ilmeeni ja hymyili kuin olisi vastannut minun hämmästyneeseen katseeseeni, – Yllätys! ja sen jälkeen olin näkevinäni pienen silmäniskun noissa taivaansinisissä silmissä.

Ravistin itseni tähän todellisuuteen jostain tuolta rinnakkaistodellisuudesta, herää Susanna, ajattelin itsekseni, tämä kaikki todellakin tapahtuu minulle, minä todellakin olen kahden vahvan ihmisen käsikynkässä ja minua raahataan kohti synnytyshuonetta. Sain vaivoin katsottua ympärilleni ja tajusin että minua viedään huone numero viitosta kohti, huoneen ovella seisoi toinen hoitaja, joka esitteli itsensä.

-Hei! Nimeni on Raili ja olen teidän kätilönne koko tämän synnytyksen ajan, jos jotain tarvitsette, niin soittakaa vain summeria, niin tulen paikalle, sanoi tummahiuksinen harmaanvihreäsilmäinen, jo keski-ikäinen naishoitaja. – Myöhemmin tulee lääkäri, kun synnytys etenee, hän jatkoi. Hoitaja poistui huoneesta ja jätti minut ja Jasperin ihmettelemään tuohon huoneeseen, mitä seuraavaksi tapahtuu? Huomasin potilassängyn päällä lojuvan sairaalapaidan. Riisuin oloasuni ja ojensin sen rakkaani ojennetuille käsivarsille. Puin ylleni mielestäni melko ruman sairaalapaidan ja menin makuulle laidattomaan sairaalasänkyyn ja kasasin kahdesta tyynystä tukevan nojan selälleni. Minua alkoi taas nukuttaa, mutta jatkuva riipaiseva kipu piti minut hereillä.

Kului tovin, kunnes kätilö ilmaantui taas huoneeseen, tällä kertaa mieslääkäri mukanaan. He tulivat ärsyttävä hymynvirne naamallaan luokseni.

Tällä kertaa vain mieslääkäri oli äänessä. Ensin hän kätteli minua. – Kauko Kontiomäki, sen jälkeen tuli pitkä luettelo titteleitä, joista en ymmärtänyt pätkän vertaa, mitä ne tarkoittivat, sen jälkeen saman esittelylitanian hän kertoi Jasperille. Näin miehen ilmeestä, että yhtä lailla meni ohi korvien hienot tittelit kuin minullakin.

Karjaisin kivusta. - Ai...sattuu...sattuu...ponnistuttaa. Hoitaja nosti pääpuolta nappia painamalla, niin että olin puoli-istuvassa asennossa, lääkäri sanoi tutkivansa minun kohdunsuutani. – Mm...älä vielä ponnista, mutta ei mene enää kauan, kun pikkuinen syntyy, hän tokaisi minulle ja Jasperille. Katsoimme toisiamme, katseessamme oli hivenen pelkoa ja rutkasti riemua.

-Nyt se tulee, tokaisin kipakasti ja luvan saatuani aloin ponnistaa. Tunti jos toinenkin kului tuossa ähistessä sängynpohjalla, kunnes kätilö sanoi minulle, nyt näkyy pää. – Vielä pari ponnistusta ja pienokainen on tässä maailmassa. Työtä käskettyä aloin ponnistaa ja ponnistaa, kunnes tunsin kuinka iso vesimeloni olisi plumpsahtanut alapäästäni ulos. Huoneeseen laskeutui hiljaisuus. Ei elokuvista tuttua vastasyntyneen rääkäisyä, ei mitään. Hetken hiljaisuus pelotti minua, katsoin rakasta kihlattuani, tuoretta isää anovasti, sano jo jotakin, mihin he veivät vatsani asukkia? Mitä tapahtuu? Olin sekaisin ja aivan paniikissa. Tuokion kuluttua hoitaja saapui vuoteeni luo puhdas ja kapaloitu vastasyntynyt sylissään.

-Onneksi olkoon isälle ja äidille. Teille on syntynyt terve poikavauva, kätilö sanoi viimeinkin. Samassa kuulin, kuinka suloinen vatsan asukki itki lohduttoman kuuloisesti, aivan kuin hän olisi kokenut jotain kamalaa, varmaan olikin. Minun äidinvaistoni alkoi herätä heti ja halusin mahdollisimman nopeasti tuon pienen käärön vasten rintakehääni, peiton alle lämpimään. Halusin lohduttaa pientä pelästynyttä tulokasta hänen ensimmäisenä päivänään. Hoitaja ujutti sairaalapaitani kaula aukosta sisään pienen käärön. Hievahtamatta hiljaa kuuntelin, kuinka pikkuinen tuhisi ja tunsin ihollani pehmeän vastasyntyneen lapsen persikkaisen ihon. Jasper seurasi vierestä ja hymyili minulle. Hän katsoi ylpeänä lämpimän paitani sisällä nukkuvaa pienokaista ja sanoi: – Minä rakastan sinua. Mennäänkö naimisiin? Ei, älä kysy minulta moista kysymystä juuri nyt, en pysty vastaamaan rehellisesti vielä, joten päätin vastata diplomaattisesti. – Saanko harkita asiaa, annan vastaukseni ensiviikonloppuna, ymmärräthän? Huomasin Jasperin pettyneen ilmeen, hän kuitenkin sanoi ymmärtävänsä minua oikein hyvin ja jaksaisi odottaa vastausta pidempääkin. Olin onnellinen tuore äiti ja halusin pitää tuota kallisarvoista kääröä pitkään lähelläni.

-Katso rakkaani kuinka kauniin lapsen me saimme ja kuinka ihanalta hän tuoksuukaan, sanoin lempeästi Jasperille ja jatkoin luomuksemme ihailua ja paijaamista aamuyöhön asti.

145

10

1995

$\mathcal{V}$iime vuoden keväänä, kaksi kuukautta syntymänsä jälkeen, lapsemme sai nimensä pyhässä kasteessa, Mikaelinkirkossa. Nimeksi tuli Miro Valtteri Mäntymaa. Ristiäiset olivat hyvin yksinkertaiset. Kastetilaisuuden jälkeen oli kahvitarjoilu meidän kotonamme, äiti ja anopin puolikas auttoivat minua kahvitarjoilussa ja pitivät huolen kahvipöydän herkkujen tarjoilusta. Vieraina olivat kummankin perheet sekä Miron neljä kummia. Jostain kumman syystä alkoi kuokkavieraita ilmestyä oven taakse, ei minua se haitannut, mutta yksi kuokkavieraista oli Toni, niinpä tietenkin, kukas muukaan se voisi olla kuin elämäni ensirakkaus, joka väen väkisin änkesi punainen ruusupuska käsissä ovesta sisään, ivallinen virne kasvoillaan. Hän käveli suoraan Jasperin luo, kuin ärsyttääkseen minua, yritin näyttää onnelliselta tuoreelta äidiltä, mutta se tuntui mahdottomalta juuri nyt.

-Tulin tuomaan taloyhtiön ja omasta puolestani onnittelut tuoreille vanhemmille ja pikkuiselle! Hän

146

sanoi Jasperille ja hymyili minulle samalla, kun ojensi verenpunaiset ruusut terävine piikkeineen Jasperin miehekkäisiin käsiin. Senkin lurjus, ajattelin mielessäni. Näin äidin katsovan minua arvostelevasti, kuin hän olisi lukenut ajatukseni. Hän lähti kävelemään verkkaisin askelin tuota ilveilevää talonmiestä kohden ja kosketti häntä hellästi olkapäälle ja antoi selvästi Tonin ymmärtää, että tämä oli ei toivottu vieras näissä juhlissa. Toni nyökkäsi ensin äidilleni ja soi lämpimän hymyn minulle lähtiessään kodistani. Muuten tämä kastejuhla oli erittäin onnistunut.

* * * *

Oli kesäkuun ensimmäisiä päiviä. Aurinko paistoi lämpimästi valkoisien pumpulimaisien poutapilvien lomasta ja lokkien rääkyvä huuto kuului suljettujen ikkunoidemme läpi häiritsevästi. Olisivat jo hiljaa, minua otti jo äänekäs rääkynä päähän, mikseivät jo lopeta, ainakin pikkuprinssini päiväunien ajaksi. Siis olin laittanut Miron päiväunille hänen puiseen pinnasänkyynsä ja katselin tuota nukkuvaa kaunista pientä poikaani. Katselin kauan ja hymyilin vienosti muistelemalleni kastejuhlalle. Miten pian oli vuosi jo kulunut tuostakin hetkestä. Tunsin ikkunoiden hieman vuotavan, kylmä kesäinen merituuli pyrki sisälle kuin jäädyttääkseen kaikki sisällä olijat. Harmikseni huomasin Miron peiton olevan huonosti, joten peittelin pojan uudestaan, paremmin ja lämpimämmin. En halunnut pojan sairastuvan flunssaan, pienille lapsille se tauti oli tukalaa ja hankalaa. Jasper oli taas tapansa mukaan töissä, joten minä hoidin kotia parhaani mukaan, mutta jotenkin pikkuhiljaa minusta alkoi tuntumaan, etten kuitenkaan viihtynyt tässä roolissani. Olenko huono äiti, kun ajattelin näin? Rakastin tuota pientä poikaani koko sydämeni pohjasta, mutta nauttisin enemmän rauhasta ja yksinolosta, tuntui kuin tukehtuisin tähän rooliini. Miksi edes ajattelin näin, minullahan oli pieni perhe, josta kaikki pienet tytöt haaveilivat; he haaveilivat rakastavasta miehestä ja kahdesta lapsesta ja omakotitalosta. Minulla ei vielä ollut tuota omakotitaloa, mutta mies ja yksi lapsi oli, miksi en voinut olla onnellinen? Kuin jokin kaivertaisi mieltäni, enhän vain ala taas haikailemaan Tonini perään, hänhän oli joka päivä läsnä paitsi viikonloppuisin. Sitä paitsi Toni oli mennyt toissa kesänä naimisiin ja hänelläkin oli jo pieni poikavauva. Susanna, älä ajattelekaan koko tyyppiä, ole kiltti äläkä ajattele häntä, olisit onnellinen tästä elämäntilanteesta. Katsoin vielä nukkuvaa lasta pinnasängyssään ja kuvittelin näkeväni hänen kauniit tummanruskeat silmänsä, jotka nyt olivat hänen suloisien luomiensa alla piilossa. – Nuku rauhassa pikku prinssini, ei sinulla ole mitään hätää, äiti menee myös lepäämään vähäksi aikaa, kuiskasin hyvin hiljaa. Henkäisin syvään, kun huomasin tuon tumman kiharapään liikahtavan vaalean vihreän muumipeittonsa alla; ei, ethän herää vielä, ethän, toivoin hartaasti. Onneksi hän vain hieman liikahti, nukkuen syvää ja huoletonta lapsen untaan. Kaaduin rättiväsyneenä sängyllemme, joka sijaitsi ihan pinnasängyn vieressä. Pieni väsymyksen kyynel silmäkulmastani valui pitkin poskeani. Olin väsynyt, olin väsynyt tähän kotileikkiin. Minun olisi keksittävä jokin keino päästääkseni ulos tästä oravanpyörästä, nukahdin näihin aatoksiin.

* * * *

Pian ovi kävi. Säpsähdin tuohon kolaukseen. Muistin kuitenkin Jasperin tulevan näihin aikoihin kotiin, joten yritin saada vielä unen päästäni kiinni. Toivoin hartaasti, ettei pieni päivänsäteemme heräisi tuohon meteliin, minkä Jasper aiheutti paiskatessaan huoneiston oven kiinni. Tiesin, ettei hän tahallaan sitä tehnyt, vain väsymyksestä. Nousin ihanan pehmeästä sängystä ja hivuttauduin hiiren hiljaa ulos makuuhuoneesta.

- Raskas työpäivä? Kysyin hiljaa, sillä Miro nukkui vielä.

-Juu...melko raskas päivä takana. Mitä on ruoaksi? Jasper kuiskasi yhtä hiljaa kuin minä.

-Kanaa ja riisiä, salaatin kera, jatkoin kuiskaavalla äänellä. Huomasin rakkaan mieheni hymyilevän, kun hän meni vessaan pesemään käsiään päivän työn aiheuttamasta liasta. Sen jälkeen hän meni keittiöön jo valmiiksi kattamani pöydän luo ja keskittyi ahmimaan valmistamaani kana- ateriaa. Hän oli täysin keskittynyt syömiseensä eikä letkauttanut korviaankaan, kun Miro äänteli vielä unisena makuuhuoneessamme. Kävin hakemassa pojan, ja poika sylissäni kevein askelin suuntasin olohuoneeseen, laskin hänet sohvalle ja aloin vaihtamaan hyvinkin märkää vaippaa. Kun olin saanut vaipanvaihto-operaation tehtyä ja tummanvihreät potkuhousut hänen jalkaansa, kannoin hänet keittiön ruokapöydän päädyssä sijaitsevalle syöttötuoliin, jossa oli sinisellä kukkakuosilla varustettu pehmuste. Poika katsoi isänsä ahmimista nälkäisen oloisena, surkeana ruskeine silmineen. Otin korkeasta valkoisesta kaapista pilttipurkin, jonka etiketissä luki perunaa, porkkanaa ja jauhelihaa, varmaankin oli tosi hyvää mössöä, ajattelin mielessäni ja lusikoin tuota yksivuotiaalle tarkoitettua mössöä muumipeikkolautaselle ja laitoin annoksen mikroon lämpenemään. Mikro hurisi tuokion ajan ja klikkasi merkiksi siitä, että ruoka oli lämmin. Hieman liian kuumaksihan ruoka meni, jäähdytin annosta ennen kuin aloin syöttää ihanaa poikaamme pienellä muumilusikalla. Istahdin Jasperin viereiselle penkille, syöttötuolin vasemmalle puolelle ja aloin syöttää Miroa. Seuraavaa kysymystä en ollutkaan aikoihin kuullut, nyt kuulin sen jälleen.

-Milloin mennään naimisiin? Jasper aukaisi suunsa ja kysyi kiperintä kysymystä, mihin en ollut vielä vastannut juuta enkä jaata. Olin tuokion hiljaa ennen kuin tein päätökseni. Tein tuon päätöksen murheissa mielin, olinhan tuntenut näin jo pitkään. En halunnut enää asua tässä loukossa ja leikkiä kotia. Halusin jotain aivan muuta, halusin oppia elämään omillani ja osoittaa itselleni, että pystyn yksinkin elättämään sekä itseni että Miron. Halusin itsenäistyä, olinhan tavallaan muuttanut suoraan äitini helmoista miehelään.

- Jasper, älä ole minulle vihainen, mutta olen viime aikoina ollut yksinäinen ja onneton. Sinulla on sentään sinun työsi, minulla ei ole muuta päivisin kuin olla täällä kotona ja esittää onnellista kotiäitiä ulkopuolisille sekä sukulaisille ja tuttaville. Olen jo laittanut yhteen asuntoyhtiöön hakemuksen vuokra kaksiosta, siinä on edullinen vuokra ja se on juuri sopiva huoneistokoko minulle ja Mirolle. Ymmärrätkö, että haluan muuttaa poikamme kanssa toisaalle? Tuon sanottuani vilkaisin Jasperia, huomasin, kuinka yleensä niin miehekkään oloinen mies vaipui jonnekin synkkyyteen. Hän tuijotti ilmeettömänä puolillaan olevaa lautastaan ja oli hiljaa, liian hiljaa. Jatkoin poikamme syöttämistä ääneti ja välillä hymyilin pojalle teennäisesti, jotta ruokailu olisi kaikesta huolimatta miellyttävä kokemus pojalle, vaikkakin ilmapiiri oli äkisti muuttunut hyvinkin negatiiviseksi. Halusin pojan tuntevan olevansa turvassa ja että kaikki olisi kuitenkin hyvin, vaikka ei todellisuudessa ollut.

- Miksi? Jasper sai viimein sanottua. - Miksi juuri nyt?

151

Miksi?

- Minua ahdistaa asua täällä toisten nurkissa, tokaisin harkitsemattomasti.

- Miten niin toisten nurkissa? Mies vieressäni ihmetteli.

- Ensinnäkin sinun vanhempasi omistavat tämän huoneiston, joten elämme vanhempiesi ehdoilla täällä, huomasin päästäväni sammakoita suustani, lopeta Susanna hyvän sään aikana, ajattelin ärtyneenä. Miro oli syötetty ja juotettu. Vein pojan olohuoneessa sijaitsevalle leikkikehälle leikkimään lelujensa kanssa ja itse istahdin sohvalle seuraamaan suloisen poikani leikkimistä. Tovin kuluttua Jasper liittyi seurakseni suurehkolle kolmen istuttavalle sohvallemme. Hän istui pitkän aikaa hiljaa, liian pitkän aikaa. Hän tuijotti vain eteensä, tuijotti ja mietti. Pystyin jopa näkemään, kuinka murtuneen miehen aivojen rattaat raksuttivat ja kävivät ylikierroksilla. Savu näytti jo nousevan korvistakin ulos kaiken aivotyöskentelyn tuottaman paineen alla. Katseeni siirtyi pieneen poikaamme, joka tyytyväisenä ja tiedostamatta tulevasta jatkoi leikkiään. Pieni leikkivä lapsi sai sydämeni hymyilemään, vaikkakin jo kauhun sekavin tuntein odotin vieressäni istuvan mieheni reaktiota äkkinäiseen uutiseen, johon hän ei ollut selvästikään valmistautunut, miten olisikaan? Olinhan pitänyt tämän kaiken ajatukseni omana tietonani. Olin pitempään jo suunnitellut, miten kertoisin päätökseni niin, ettei se satuttaisi tuota työstä väsynyttä miestä.

Halusin erota ja elää omaa elämääni pienen poikani kanssa. Otin olohuoneen pöydän päältä päiväpostissa tulleen kirjeen, jossa luki minun nimeni, aukaisin sen ja aloin lukemaan," Vuokrahakemuksenne on hyväksytty. Voitte muuttaa huoneistoon elokuun ensimmäisenä päivänä...jne.", olin saanut vuokrahuoneiston Raunistulasta. Ojensin kirjeen miehelleni. Näin kuinka hän luki joka sanan tarkkaan tuosta kirjeestä, hymyilemättä, ilme värähtämättä, kuin ilmeetön ja tunteeton patsas.

-Miksi? Kysyi hän viimeinkin. – Miksi? Jatkoi hän pää alaspäin, tuijottaen lattiaa. – Miksi?

-Voi kuinka tietäisit, minä haluaisin.... Olen jo kauan halunnut asua omassa vuokra-asunnossa sekä kauan halunnut kokeilla siipiäni, muutinhan minä suoraan äidin helmoista miehelään. Haluan kokeilla, pystynkö asumaan yksinhuoltajana. Minun täytyy kokea tämäkin ennen kuin voin harkitakaan esimerkiksi avioliittoa joko sinun tai jonkun muun kanssa, sanoin hieman selittelyn maku suussani.

-Näin pian aiotte muuttaa, jättää minut yksin. Miten ajattelit järjestää Miron tapaamiset?

-Ajattelin, että huoltajuus olisi minulla. Sinä saisit tavata poikaa jopa joka toinen viikonloppu. Oletko tyytyväinen ehdotukseeni? Kysyin varovaisesti.

-Sopii minulle, ei tarvitse hommata päivähoitopaikkaa, Jasper tokaisi.

-Niin, sitä minäkin ajattelin, vastasin huojentuneena, mutta samalla ihmettelin mieheni nopeaa mielen

153

muutosta. Näytti siltä, että hänkin oli huojentunut minun päätöksestäni muuttaa pois, vai kuvittelinko vain koko asian, joo... minun oli pakko vain kuvitella, että vieressäni istuva mies ei muka välittäisi siitä, asuttaisiinko me hänen kanssaan vai ei. Sydämeeni hiipi hiljaa kalvas tunne, oliko hän kuitenkin iloinen siitä, että me ei oltaisi enää hänen vaivoinansa. En saattanut ajatella asiaa enää sen enempää, kaappasin Miron leikkikehästä syliini ja vein hänet iltapesulle kylpytiloihin. Vaipan vaihdettuani sekä kylvetyksen jälkeen syötin pojan ja vein nukkumaan hänen omaan pinnasänkyynsä. Vedin pimennysverhot ikkunamme eteen ja aloin hyräillä tuutulaulua. Olin helpottunut, että tämä päivä oli pian ohi ja pääsen huomenna täydellä touhulla valmistautumaan eroon ja tulevaan muuttoon.

11

 $\mathcal{H}$ ento kesäinen sadekuuro osui keittiömme vastapestylle puhtauttaan kiiltävälle ikkunapinnalle valuen hentona läpikuultavana vanana, sen liukasta pintaa pitkin alas, kuin kyyneleistä koostuva vesiputous. Istuin yksin keittiössä katsellen viimeistä kertaa sisäpihan vanhaa poppelia, jonka lehdistön alla sateen suojissa oli autio lasten leikkipiha. Vaikka mieleni oli haikea, kuitenkin nautin suunnattomasti tästä hiljaisuudesta, mikä ympärilläni vallitsi. Ainoastaan sateen heleä ääni rikkoi tuon hiljaisuuden. Jasper oli Miron kanssa käymässä vanhempiensa luona Kaarinassa lainatakseen isänsä pakettiautoa päivän hikistä urakka varten.

* * * *

Oli elokuun ensimmäinen päivä, sekä minulle ja Mirolle muuttopäivä. Olin edellisenä iltana pakannut tavaroitani neljään suureen pahvilaatikkoon, kolmeen mustaan jätesäkkiin ja viiteen Siwan kauppakassiin. Muuttotavaroitteni määrä ei ollut iso, mutta siinä oli kaikki tarpeellinen. Sain mukaani pinnasängyn, syöttötuolin ja kahdenistuttavan nahkasohvan. Ruokailupöydän ja tuolit ostin kierrätyskeskuksesta kodinhoitotukirahalla. Samasta paikasta löysin myös satakaksikymmentäsenttisen jenkkisängyn, jonka minun piti ehdottomasti saada. Jasper alkoi kärrätä tavaraa isäni kanssa alas aulaan ja sieltä sitten pakettiautoon, jonka Jasper oli lainannut omalta isältään muuttoa varten.

Olin ilahtunut siitä, kun isä lupautui auttamaan minua muutossa, mutta huomasin kuitenkin hänen murtuneen ilmeensä. Hän oli murtunut siitä, että hänen ja äitini suuri unelma ainoan tyttärensä kirkkohäistä oli romuttunut hetkessä. Hänen hyvin pettynyt ilmeensä sai minut tuntemaan lievää syyllisyyttä. Olisin halunnut halata ja lohduttaa isää ja pyytää anteeksi. Anteeksi sitä, että olin tällainen tuittupää. Yhdestä asiasta olin kuitenkin hyvinkin huojentunut, siitä kun Jasper ei enää mököttänyt, mutta kuitenkin hänen apea ilmeensä antoi minun ymmärtää, ettei hän myöskään ollut riemuissaan tästä tilanteesta.

Muuttoauto oli hetkessä lastattu puolilleen roinaa, joita aioin raahata uuteen asuntooni. Jasper sulki tilavan pakettiauton takaluukun kiinni ja siirtyi kuskin puolelle, minun ja Miron viereen. Hän katsoi minua ja kysyi vielä, että olinko täysin varma, että haluan tehdä tämän.

-Olen täysin varma, minun täytyy tehdä tämä, vastasin päättäväisellä äänensävylläni peittääkseni epävarmuuteni. En halunnut antaa Jasperille pienintäkään toivon kipinää siitä, että katuisin tätä muuttoa, ei, en tulisi katumaankaan, en koskaan.

Isä ajoi omalla uutuuttaan kiiltävällä farmari autollaan meidän perässämme, melkeinpä takapuskurissa kiinni, kuin peläten eksyvänsä meistä tässä ruuhkaisessa puolen päivän liikenteessä. Onneksi Jasper otti isän läsnäolon huomioon eikä turhia kiirehtinyt, hän ajoi verkkaisesti, kuitenkin niin, ettei ollut liikenteen tukkeena.

Tuokion kuluttua selviydyttyämme Turun sokkeloisista kaduista ja ruuhkaisista teistä saavuimme viimein Raunistulaan. Pitkän Majoitusmestarinkadun varrella oli matalia, harmaaksi rapattuja viiden kerroksen kerrostaloja. Käännyimme risteyksen kohdasta, jossa luki Signalistinpolku. Pysähdyimme tuollaisen harmaarapatun talon rapun eteen, jonka jälkeen Jasper hyppäsi autosta ulos ja kiersi pelkääjän puolelle avatakseen minulle ja Mirolle sen puolen oven. Onneksi aamupäiväinen sadekuuro oli lakannut, ajattelin mielessäni. Se helpotti muuttoa. Aurinko paistoi tällä hetkellä pilvettömältä taivaalta ja ilmassa tuoksui lakanneen sateen trooppisen kostea tuoksu.

-Perillä ollaan, hän sanoi ja kiusoitteli Miroa, joka varmaankin luuli, että olimme kaikki muuttamassa uuteen kotiin. Miro kikatti täysin rinnoin isällensä. Katsoin tuota matalaa kerrostaloa, se näytti kodikkaalta ja kutsuvalta jo ulkopuolelta. Täällä tulisin viihtymään, täällä olisi hyvä asua ja kasvattaa pientä poikaani, ajattelin tyytyväisenä. Isä kurvasi talon eteen melko pian meidän jälkeemme.

Kohta saavuttuamme paikalle, saapui asuinalueen talonmies ja antoi minulle huoneiston avaimet sen jälkeen, kun olin allekirjoittanut avaimien luovutuspaperit. Kiitin kohteliaasti ja vinkkasin isälle ja Jasperille, jonka sylissä Miro kikatteli. – Mennään katsomaan huoneistoa ennen kuin aletaan raahata muuttokuormaa. Tuumasta toimeen, pieni ryhmä tulokkaita lähtivät kipuamaan rappuja ylös ensimmäiseen kerrokseen. Pian rappujen oikealla puolella olikin minun ja Miron uuden kodin ovi, jossa luki sukunimemme, minun, Jääskeläinen ja Miron Mäntymaa. Aukaisin huoneiston oven innoissani. Vihdoinkin oma koti, vaikkakin pieni kerrostalokaksio, mutta silti riittävän kokoinen minulle ja pojalleni. Tyypillisesti pääväri oli tuossa asunnossa valkoinen. Keittiön kaapin ovet olivat tummanpunaiset ja kiiltäväpintaiset, vessa oli valkoisen kaakelin peitossa, mutta vessanpytty oli punainen ja lattiamateriaalina oli vaalean harmaa muovimatto niin kuin yleensäkin kaupungin vuokrataloissa. Katsoin keittiön ikkunasta ulos, josta näkyi kaunis piha- alue, oikeastaan pieni puisto neljän harmaarapattujen matalien kerrostalojen keskellä. Ihana vihreä puisto, jossa tammet ja poppelit varjostivat leikkikentällä leikkiviä lapsia, joiden nauru ja riemun kiljahdukset raikuivat ympäröivien kerrostalojen seinistä. Huomasin poikani riemusta loistavat tummat silmät, niissä näkyi palava halu rientää mukaan toisten lasten joukkoon.

-Tuodaan tavarat ensin sisään ja syödään hieman jotakin pientä, niin sitten voidaan käydä leikkimässä, sanoin ja katsoin poikani hieman alakuloista ilmettä, halasin tuota pettynyttä lasta hellästi. – Minä lupaan, sanoin kuin sinetöidäkseni luvatun asian. Suloinen pieni lapsi loi vastaukseksi pienen hymyn äidilleen. Olin hyvinkin huojentunut sievän eleen jälkeen.

Tavaroiden kantamisessa ei mennyt kauan kahdelta aikamieheltä. Kaivoin jostain ruskean pahvilaatikon pohjalta kahvinkeittimen, kahvipaketin, kahvikuppeja ja Siwan muovikassista edellisenä päivänä ostamani pullapitkon. Laitoin ne mustalle keittiön pöytätasolle sievään järjestykseen, sen jälkeen pengoin Mirolle muuminokkamukin, johon kaadoin sekamehua. Kuuntelin, kuinka kahvinkeitin porisi ja loi huoneistoon huumaavan paahdetun kahvintuoksun, jonka aromikas tuoksu vain voimistui kahvin tiputtua. Jonka jälkeen pieni muuttoporukka alkoi nauttimaan kahvitarjoilun herkullisista antimista hieman jo nälkäisenä.

-Siisti huoneisto, isä sanoi. Tässä ei ole saunaa, missä aiotte käydä saunassa? Hän jatkoi.

-Ajattelin, jos saisimme käydä kotona saunomassa, vastasin hänelle ja katsoin isää hymynvirne huulillani. Huomasin, kuinka tyytyväinen isä oli tuosta sanasta - sanasta "koti".

-Juu, totta kai saatte tulla saunomaan, olisimme siitä hyvinkin iloisia, hän vastasi tyytyväisenä.

Jasper joi vaaleanpunaisen kahvikuppinsa tyhjäksi, hän käveli muutaman askeleen tiskiallasta kohden ja kohdalle saavuttuaan laski tyhjän kahvikupin kiiltävään tiskialtaaseen. Hän kääntyi poikansa puoleen ja otti tämän syliinsä miehekkäillä käsillään ja nosti ilmaan.

-Ole kiltti ja reipas poika, muista totella äitiä, lupaathan, hän sanoi ja vinkkasi samalla oikeaa silmäänsä minulle viekas ilme kasvoillaan. Tuon kaiken tehtyään hän kysyi ensin minulta, ennen kuin poistui tämän pienen kaksion tummanpuhuvasta ovesta ulos, että pärjäänkö varmasti? Vastasin nyökkäämällä myöntymisen merkiksi. Jasper loi pojalleen vielä leveän hymyn ja sanoi: - Me näemme kahden viikon kuluttua. Miro vastasi nauraen isälleen. Pieni lapsi ei ymmärtänyt miksi isä lähti, joten heleä nauru oli vain hämmentyneen lapsen tapa ilmaista tunteitaan. Jasper heilutti vielä oikeaa kättänsä hyvästiksi ennen kuin poistui huoneistosta. Isäni jäi vielä toviksi auttamaan minua tavaroiden paikoilleen asettelussa.

Pian soi ovikello. Katsoin ovisilmästä, kuka siellä mahtoi olla, ai niin...ne kierrätyskeskuksesta ostamani kalusteet tulivat nyt, ajattelin mielessäni. Aukaisin tumman oven noille työttömille pakkotyöläisille, jotka todellisuudessa vain viivyttelivät oikeisiin töihin menoa ja elivät mieluiten

160

pienellä palkalla, kuin olisivat vakituisessa työpaikassa ja saisivat palkkaa, joka ei kuitenkaan riittäisi elämiseen vuokrien ja pakollisten laskujen jälkeen. Pultsareilta haiseva ja näyttävä nelikko alkoi kantamaan ostamiani huonekaluja asuntooni. Ihanaa kun näinkin pian pöytä ja sänky tulivat. Kaksi miestä kantoi valkoista pientä pyöreää ruokailupöytää, heidät minä ohjasin suoraan keittiöön ja näytin tyhjää kohtaa keittiön ikkunan luona. Kahta miestä seurasi kaksi muuta miestä kantaen valkoisia keittiöntuoleja, jotka olivat samaa merkkiä pöydän kanssa. Työn tehtyään nelikko katosi hetkeksi näkyvistä, vain hetkeksi, ovikello soi taas ja aukaisin uudelleen suljetun ulkooven, jonka takana nelikko seisoi tomerasti pitäen sievää jenkkisänkyä pystyssä. -Tuokaa sänky tuonne makuuhuoneeseen, sanoin ja osoitin ulko-ovea lähellä sijaitsevaa makuuhuonetta. Nelikko lähti kantamaan valitsemaani hyvinkin painavaa jenkkisänkyä osoittamaani huoneeseen ja laskivat sängyn nojaamaan vastakkaista seinää vasten puisen pinnasängyn viereen. Katsoin hetken sievää makuuhuonetta tyytyväisenä ennen kuin maksoin miehille kuljetuksesta aiheutuneen maksun, kaksikymmentä markkaa.

Pian miesten poistuttua, myös isä lähti kotiansa kohti. Ennen lähtöään hän vilkutti Mirolle ja minulle, sekä poistuessaan sulki mustan huoneistonoven perässään.

Miron leikin tuomat äänet raikuivat vielä tekstiilittömässä huoneistossa. Tunsin pitkästä aikaa pystyväni hengittämään. Hengittämään ja nauttimaan elämästäni, minähän olin vastuussa vain itseni tekemisistä sekä vastuussa pienestä pojastani, uusi elämä alkaisi tästä päivästä, tästä ihanan lämpöisestä elokuun ensimmäisestä päivästä, olin onnellinen.

* * * *

Seuraavat kuukaudet kuluivat käytännön asioiden hoidossa. Piti allekirjoittaa huoltajuus sopimus ja Kelasta hakea asumistukea. Hain myös Mirolle päivähoitopaikkaa ja itselleni työpaikkaa, jonka sainkin melko pian. Sain töitä Raunistulan alueelta porrassiivoojana. Olin hyvinkin tyytyväinen tuohon mahdollisuuteen. Sain vihdoinkin omaa palkkaa, eikä tarvinnut kitkutella jonkun muun tuoman palkan varassa. Ensimmäisestä palkasta ostin keittiöön ja makuuhuoneeseen rullaverhot ja olohuoneeseen sievät viininpunaiset sivuverhot, jotka suojasivat juuri sopivasti kotiamme liian uteliailta katseilta. Iltapäivät aina sään salliessa leikin Miron kanssa läheisessä puistossa muiden talon lasten kanssa. Miro saikin melko pian uusia kavereita. Aina silloin, kun poikani lähti isänsä luo viikonloppua viettämään, sain hieman hengähtää ja tavata ystäviäni ja työkavereitani. Lauantai -iltaisin kävin Finn Kinossa katsomassa elokuvan ja sen jälkeen menin Hansaan syömään, joko Foijaan tai kiinalaiseen ravintolaan. Nautin yksinolosta, ehkä aloin nauttimaan tuosta olotilasta liikaakin, sillä naapurit tuntuivat jo hieman huolestuneilta, kun en halunnut löytää ketään kumppania rinnalleni, en edes kaivannut ketään, en halunnut ainakaan vielä, halusin nauttia täysin rinnoin vapaudestani.

Marianne kävi usein luonani kylässä, aina kun mieheltään ja töiltään ehti Hän oli saanut opintojaan vastaavaa työtä vanhusten palvelutalosta, jossa nautti vuorotyön tuomista eduista. Marianne valmistui vuotta myöhemmin perushoitajaksi. Minäkin aikoinaan tuolle alalle halusin, jonne myös hain kolme kertaa, mutta jokaisella kerralla jäin matikasta kiinni, joten silloin ainoaksi vaihtoehdoksi jäi lastenhoitajan tutkinto.

* * * *

Odotin kovasti Mariannen vierailua tänäänkin. Tänään lauantaina syyskuun viidentenä päivänä, pikkuveljeni syntymäpäivänä, lupautui Marianne illalla käväistä pikaisesti luonani kahvilla. Tosin mielessäni oli aivan jotain muuta. Tiesin Miron lähtevän isänsä luokse illalla, kunhan ensin olimme viettämässä niitä syntymäpäiviä, joten aioin ehdottaa parasta ystävääni muutamalle lonkerolle. Halusin vähän rentoutumaan rankan työviikon jälkeen, olin sen mielestäni ansainnut. Siispä heti aamulla soitin ystävälleni ja kerroin ideastani hänelle, Mariannen puolesta se oli hyvä idea, mutta hänen piti ensin neuvotella miehensä kanssa asiasta, hän lupasi soittaa päätöksestään sitten tuonnempana. – Ok, sanoin

163

hieman varautuneesti. – Passaa minulle, jatkoin vastaustani hieman pettyneellä äänensävylläni. Miksi Mariannen pitäisi kysyä joltain ukolta, voiko hän lähteä viettämään tyttöjen iltaa parhaan ystävänsä kanssa, olin hyvin närkästynyt moisesta eleestä. No kaipa se ukko oli sitten niin omistushaluinen tai jotain, ajattelin hyvinkin näreissäni. Tulen kyllä myöhemmin mainitsemaan mielipiteeni hänestä Mariannelle, mutta varovaisesti sitten kun näemme tai pikimmiten, jos näemme, sekään ei ollut enää varmaa, se, että tuleeko paras kaverini luokseni vai ei.

Kului tovi ja toinenkin, viimein kännykkäni soi tuttua Nokian tunnariaan, en ollut jaksanut vaihtaa tuota tunnaria toiseksi, olin tyytyväinen tähänkin.

- Susanna, vastasin lyhyesti ja ytimekkäästi.
- Marianne tässä, kuului pirteästi luurin toisesta päästä.
- Voin lähteä kanssasi sinne paikalliseen yksille, mutta en taida mitään väkevää siellä juoda, yhtä pirteä ääni jatkoi vielä asiaansa.
- Ok! Vastasin lyhyesti. – Mutta miksi et voi ottaa edes pientä ryyppyä? Kysyin hieman ihmeissäni. Vastausta sain odotella tovin. Kuulin puhelun läpi, kuinka ystäväni aivot raksuttivat ylikierroksilla etsiessään oikeita sanoja.
- Miten tämän sinulle ilmaisisin niin, että et saisi suurempaa sätkyä, kuului viimeinkin luurin toisesta päästä pitkän hiljaisuuden jälkeen.
- No kerro, sanoin, minun uteliaisuuteni heräsi.

164

- Tuota noin niin...meille Villen kanssa tulee vauva, Marianne sanoi.

- Eikä...vauva. No onneksi olkoon. Kuinka pitkällä olet? Vastasin innoissani. Minusta tuntui, etten oikein tahtonut pysyä nahoissani tuon uutisen kuultuani.

- Kolmannella kuulla olen, Marianne vastasi, - olen kyllä tosi iloinen tästä vauvasta, mutta melko pianhan tämä sai alkuunsa. Olenhan seurustellut Villen kanssa vasta puoli vuotta, hän jatkoi hieman huolestuneella äänensävyllään.

- Kyllä minä uskon, et te menette naimisiin ja teistä tulee vielä oikea perhe, sanoin rohkaisevalla äänellä. – Mutta hei, pian nähdään eikö vain, jatkoin iloisena yllättävästä uutisesta.

- Juu, nähdään. Marianne vastasi.

1996

12

Ihanaa, vihdoinkin alkoi kesäloma. Olin jo kauan odottanut ansaitsemaani kahden viikon kesälomaa. Vaikka vain kaksi viikkoa löhöilyä uimarannoilla ja laatuaikaa Miron kanssa, ei haitannut minua lainkaan. Olin vain tyytyväinen, että olin saanut järjestettyä lomaa juuri tähän elokuun alkuviikoille. Olin jo suunnitellut kesän ohjelman, halusin käyttää poikaa Helsingissä sukulaisissa ja samalla kävisimme Linnanmäen huvipuistossa. Sen jälkeen löhöttäisiin pari päivää Ruissalon valkoisella hiekkarannalla nauttien lempeästä ja suolaisesta merituulesta, samalla voisin katsastaa rantaleijonien tarjontaa. Hymähdin omille ajatuksilleni huvittuneena, tunsin olevani jo valmis uuteen suhteeseen, mutta kuitenkin keskittyisin pääasiassa vain minun ja poikani kahdenkeskiseen aikaan.

* * * *

Olin nähnyt Mariannea yhä vähemmän, sillä hänen aikansa oli mennyt tyttövauvansa kanssa, uuden roolinsa opetteluun tuoreena äitinä, vaikkakin minun mielestäni hän suoriutui erinomaisesti tuosta vaativasta tehtävästä. Minä olin lupautunut

166

auttamaan aina, kun vain pystyin, saatikka omilta kiireiltäni kerkesin. Edellisellä viikolla oli suloisen tyttövauvan ristiäiset, johon osallistuin, olinhan tuon tytön tuleva kummitäti. Tyttö sai nimekseen Julianna Miranda. Mielestäni se oli maailman kaunein nimi ja olin ylpeä, että sain olla sievän tyttövauvan kummitäti. Päätin tuosta hetkestä olla tuolle tytölle mahdollisimman hyvä kummi. Muistan, kuinka pienet vaaleat kiharat pilkottivat pienen valkoisen pitsikoristellun kastemyssyn alta ja kuinka taivaansiniset enkelisilmät loistivat tuijottaessaan pappia, joka kastoi pienen enkelin pyhässä kasteessa kastemaljassa olevalla lämpimällä vedellä ja lausui suloisen enkelin uuden nimen. Kastetilaisuus oli hyvin kaunis ja pieni lapsi valkoisessa pitsikoristeisessa kastemekossaan hymyili ja otti oudon tilanteen rauhallisesti, ei itkenyt yhtään koko toimituksen aikana.

* * * *

Minua hymyilytti nyt se kaunis kastetilaisuus, mutta silloin olin liian jännittynyt. Miksi minua jännitti? Sitä en tiennyt vieläkään. Ehkä ventovieraat ihmiset saivat minut hermostumaan, ehkäpä, mutta nyt keskittyisin vain tähän hetkeen ja minun pieneen perheeseeni ja tähän juuri alkaneeseen kesälomaan. Oli aikainen aamu ja istuin näine ajatuksineni keittiön pyöreän ruokailupöydän ääressä ja söin juuri paahtimessa paahdettua paahtoleipääni appelsiinimarmeladin ja Flooran kera. Aikaisemmin olin jo laittanut kahvinkeittimeeni poreilemaan kahvia, nyt se oli valmis ja kaadoin tuota paahdetulta kahvilta tuoksuvan tummanruskean nesteen valkoiseen kahvikuppiini. Laimensin hieman kuumaa nestettä kevytmaidolla, siemaisin hitaasti lattelta maistuvaa aromikasta nestettä. Samalla katsoin ulos keittiön valkoisen rullaverhon raosta läheistä leikkipuistoa, joka ammotti vielä tyhjyyttään, vaikka aamu oli jo pitkällä. Nautin aamun hiljaisista hetkistä, kun Miro vielä nukkui sikeää untaan, joten annoin pojan nukkua vielä hetken. Sainpa rauhassa selata Turun Sanomia.

Aurinko oli jo noussut korkealle pilvettömälle taivaalle, kun Miro viimeinkin heräsi. Unenpöpperöinen kaksi vuotias pojan nassikka käveli keittiöömme ja suoraan kapsahti, hellään syleilyyni. – Huomenta pikku prinssini, sanoin. Katsoin poikani tummanruskeisiin silmiin, ne olivat vielä vasta kirkastumassa, heräämässä tähän maailmaan unien valtakunnasta. Poika katsoi minua ja hymyili vastaukseksi. Nousin tuoliltani ylös, poika vielä sylissäni ja laitoin hänet istumaan korotettuun tuoliin, jotta poika ylettyisi itse ruokailemaan. Pöydän päälle olin jo valmiiksi laittanut nallekuvioisen ruokakaukalolapun, autoin muovisen ruokalapun pojan kaulalle ja aloin voidella paahdettua paahtoleipää. Jääkaapista hain raikasta kevytmaitoa ja astiakaapista otin esille nokkamukin, johon kaadoin kylmää valkoista nestettä, jonka jälkeen ojensin nokkamukin pojalleni ja hyräilin radiosta aikaisemmin kuulemaani kappaletta. Hyräilin hiljaa ja kevyesti, juuri niin kuin olin sen kuullutkin. Istahdin takaisin ruokapöydän ääreen, Miron vasemmalle puolelle ja seurasin ihaillen ihanan pikku prinssini ahnasta syömistä. Tunsin rinnassani suurta riemua ja ylpeyden tunnetta poikaani kohtaan. Kerroin samalla Mirolle päivän ohjelmasta.

-Mitä mieltä olet siitä, jos tänään käytäisiin Ruissalossa, uidaan ja syödään mansikkapehmistä. Miltä kuulostaisi?

-Ehmistä, jee, vastasi Miro riemuissaan.

-Mutta ensin syödään kunnon aamupala, vasta sitten voidaan valmistautua uintireissulle, sanoin äidillisesti.

Poika söi reippaasti aamupalansa ja kiitti minua aterian päätteeksi, nostin pojan korotetusta tuolistaan lattialle ja pesin hänen suunsa keittiön vesihanasta valuvalla kädenlämpöisellä vedellä, jonka jälkeen kuivasin vielä vedestä märkänä valuvan pienen pojan kasvot pehmeällä vaaleanpunaisella froteepyyhkeellä.

-Aita mälkä, poika sanoi jo itku kurkussa.

-Ei haittaa, otetaan vaatekaapista puhtaampi paita ja vaihdetaan se tuon märän ja likaisen paidan tilalle.

-Joo, riemuitsi pieni lapseni.

Aloimme tuumasta toimeen, yölliset vaatteet vaihdoimme päivän kevyisiin shortseihin ja t-paitoihin. Minä olin valinnut ylleni valkopohjaisen punaisin ruusukuvioin koristellun kevyen kietaisuhameen ja siihen sävyyn sopivan tummanpunaisen pitkän topin. Mirolla oli yksivärinen sininen t- paita ja yksiväriset vihreät shortsit, jalkoihinsa poika laittoi siniset sandaalit. Minä puolestaan valitsin beigen väriset sandaalit suojaamaan jalkojani auringon polttamalta hiekalta. Kaappasin eteisessä jo valmiiksi pakkaamaani rantakassini olalleni sekä eteisen puunvärisestä avainkaapista otin kotiavaimeni vielä tuohon rantakassiin, unohtamatta kännykkääni ja lompakkoani. Nyt tämä pieni perhe oli valmis lähtemään ihanan kesäpäivän viettoon ja suuriin seikkailuihin.

* * * *

Ilta -aurinko jo värjäsi taivaanrannan oranssinpunaiseksi, kun palasimme kotiimme. Olimme kummatkin väsyneitä, mutta onnellisia ihanasta päivästä, olin juuri saanut laskettua rantakassin eteisen lattialle, kun ovikello soi. Säikähdin, katsoin ovisilmää sydän kiivaasti pamppaillen, kuka kumma se voisi olla näin myöhään? Voi mikä näky siellä olikaan, mies, jolla oli musta farkkutakki yllään, päässään nurin päin kulunut lippalakki, jalassaan tiukat farkut ja nahkaiset lenkkitossut. Ei edessäni oleva näky kovin komea ollut, mutta tummanpunainen ruusu tuntemattoman miehen kädessä sulatti minun varautuneen sydämeni.

Aukaisin oven. Mies ojensi kauniin ruusun minua kohti ja esitteli itsensä ja asiansa.

-Hei! Minun nimeni on Sakke, eräs naapuri vain tästä samasta rapusta. Olen jo kauan katsellut sinun ja pienen poikasi touhuja ja haluaisin tutustua sinuun hieman paremmin. Mitä mieltä olisit laivamatkasta? Vain sellainen lyhyt päiväreissu, Ahvenanmaalle ja takaisin, hän sanoi tuon kaiken, kuin olisi kokopäivän harjoitellut noita lauseita. Otin ruusun vastaan ja hymyilin. En kuitenkaan päästänyt ventovierasta miestä ovea pitemmälle sisään.

-Minä olen Susanna, hauska tutustua, sanoin hyvinkin virallisesti, mutta hieman huvittuneena. Voisinpa vaikka lähteäkin pienelle päiväristeilylle, mutta vain ystävänä, nämä eivät sitten ole mitkään treffit. En halunnut näyttää liian innokkaalta, vaikka tuntemattoman miehen rohkea ele sai minun mielenkiintoni heräämään, janosin lisää tietoa tuosta miehestä. – Minulle passaa ensi viikonloppu, kun poikani on isällään, käykö tuo? Kuitenkin sain kysyttyä niin, ettei liika intoni kuuluisi äänessäni.

-Juu, kyllä minulle se passaa, vaikka lauantaina, hän sanoi.

-Passaa...nähdään lauantaiaamuna, sanoin jo hieman vapautuneemmin. Sen sanottuani toivotin tuolle tuntemattomalle miehelle hyvää päivän jatkoa ja suljin huoneistoni oven kiinni. Näin Miron seisovan takanani vähän matkan päässä ja näin pojan silmistä, että hänellä oli monta kysymystä äidillensä, mutta ei vain saanut sanaakaan suustaan. Laitoin ruusun eteisen puhelinpöydälle ja kaappasin pelokkaan pojan syliini ja sanoin rohkaisevasti hymyillen: Kaikki on kunnossa. Aloimme Miron kanssa iltapuuhiimme. Söimme maittavan iltapalan: muroja ja maitoa sekä paahtoleipää appelsiinimarmeladin kera. Iltapesun jälkeen laitoin pojalle lämpimän unihaalarin, jossa oli sinisellä pohjalla keltaisia tähtiä. Laitoin ihanan pikku prinssini pinnasänkyynsä ja peittelin hänet pehmeään peittoon. Lauloin pienen unilaulun, jonka jälkeen sammutin kattovalon, mutta jätin pienen seinällä olevan yövalon turvaamaan lapseni unta. Suljin hiljaa makuuhuoneen oven, siirryin olohuoneen puolelle katsomaan vielä hetken telkkaria ennen kuin menin itsekin nukkumaan. Ei tuosta tv:n katsomisesta mitään tullut, mielessäni pyöri vain ovelleni ilmestynyt tuntematon mies. Miksi se mies minua kiehtoo näin paljon? Pitäisikö minun varoa tuota yli-innokasta miestä? Päässäni pyöri aivan liikaa kysymyksiä, joihin en vielä saanut vastauksia, ehkä sitten joskus niitä vastauksia saan, ehkä joskus.

13

*M*eri kuohui valkoisia vaahtopäitä ja
aurinko paistoi sinisellä puolipilvisellä taivaalla.
Valkoiset naurulokit seurasivat tätä suurta uivaa
kaupunkia, josta humalaisien matkustajien ja liian
kovaa soivan musiikin ääni kantautui yli kuohuvan
ulapan. Olin tämän "punaisen laivan" kannella
nauttimassa tästä merellisestä maisemasta vasta
tapaamani miehen seurassa. Kuulin miehen
juttelevan minulle jotakin, mutta en jaksanut
keskittyä häneen kunnolla, katselin vain allamme ohi
kiitäviä saaria ja niissä mökeillään kaunista
kesäpäivää viettäviä ihmisiä, jotka vilkuttivat
ohikulkevalle laivalle toivoen, että joku edes tuosta
laivasta vilkuttaisi takaisin. Välillä tämä laiva töräytti
matalan mollin kaltaisen torven äänensä,
tervehdykseksi noille saaren asukeille. Mieleeni
juolahti muisto lapsuuden ystävästä, jonka perheellä
oli kokonainen saari kesäpaikkanaan. Muistin pienen
välähdyksen hetken sen Meriläisen, jolla seilasimme
hitaasti tuohon saareen. Tämä kaunis muisto
lapsuudesta sai mieleni hymyilemään. Rakastin
merta, rakastin sen suolaista tuoksua, vihertävää
väriä, valkoisenaan kuohuvia vaahtopäitä ja mahtavia
myrskyjä.
-Mennäänkö jo sisään? Minulla on kylmä, kuulin

ventovieraan miehen sanovan, - sitä paitsi kohta rantaudutaan Maarianhaminaan, siellä meillä on vain lyhyt aika vaihtaa toiseen laivaan, hän jatkoi. – Syödään siellä sitten ja tehdään ostoksia.

-Ok! Sanoin hieman harmissani, olisin halunnut nauttia vielä hetken tästä uljaasta merellisestä näkymästä. No paluumatkallahan voin vielä jatkaa siitä, mihin jäin.

Astuimme laivan sisätiloihin raskaan ikkunallisen metallioven kautta, huumaava vilinä ja vilske mikä vyöryi heti sisälle saavuttuamme, sai mieleni ahdistumaan. Liikaa juoneet känniset matkustajat örvelsivät ja mölisivät, musiikki pauhasi ja huutavat lapset kiljuivat, joko riemuissaan pallomeressä tai kiukuttelivat örveltäville vanhemmilleen, kun eivät saaneet tahtoaan läpi tai eivät tulleet kuuluksi. Minun tuli oikeastaan sääli noita lapsia, nauttivatko he oikeasti tällaisesta reissusta. Sitten humalaiset vanhemmat ostavat ison kasan karkkia myymälästä ja kuvittelevat että lapsella oli nyt tyytyväinen olo, kun ärsyttävä kiukku vaimeni. Mutta minä näin eräänkin lapsen silmistä totuuden, kirkkaansinissä enkelimäisissä silmissä loisti suuri pettymys, vaikka tytön suu oli hymyssä. Sydäntäni raastoi riipaiseva näky.

-Mennäänkö konehuoneeseen? Sakeksi esittäytynyt mies sanoi. Konehuoneeseen... apua haluaako tämä mies viedä minut hyttiin muhinoimaan, ajattelin hädissäni.

-Konehuoneeseen? Kysyin varovasti.

-En tarkoittanut hyttiä, vaan tämän laivan konehuoneeseen. Minun veljenpoikani on siellä konemiehenä ja olisi siellä nyt työvuorossa, ajattelin käväistä moikkaamassa, Sakke ilmoitti nopeasti huomatessaan huolestuneen ilmeeni. Olin silmin nähden helpottunut tuosta vastauksesta.

Tuumasta toimeen, lähdimme laskeutumaan valkoiseksi maalattuja metalliportaita pitkin alas ruumaan, jossa konehuone sijaitsi, portaat vain tuntuivat jatkuvan ja jatkuvan loputtomaan asti. Huokasin helpotuksesta, kun viimein tunsin harmaanmetallisen lattiatason jalkojeni alla. Sakke oli koko ajan kulkenut askeleeni edellä ja näyttänyt tietä, aivan kuin hän olisi tuntenut tämän osan laivasta kuin omat taskunsa. Hän pysähtyi erään tumman metallioven kohdalle ja koputti. Kumea koputuksen ääni kaikui ruuman metallisissa seinissä, tuntui kuin ääni kimpoaisi edestakaisin, eikä tuolle aaltomaiselle liikkeelle tuntunut näkyvän loppua. Ääni kaikui ja kaikui, laitoin jo kätenikin korvieni suojaksi, etten saisi päänsärkyä loputtomalta tuntuvasta metelistä. Katselin konehuoneen tilaa, metallia ja metallia koko paikka. Valtavat koneet pitivät hirvittävää meteliä ja pitivät tämän laivan liikkeessä, sekä valtavat generaattorit tuottivat sähköä tähän suureen uivaan kaupunkiin. Katsoin silmät suurena tätä kaikkea, tämä näky teki minuun suuren vaikutuksen, en ole ennen päässytkään näkemään tätä osaa laivasta, nyt näin.

Meni tuokio ennen kuin metallinen ovi avattiin, oven aukaisi tummahiuksinen mies valkoisessa t-paidassaan ja tummansinisessä haalarissaan.

-Onko Pave paikalla? Sakke kysäisi tuolta mieheltä tuttavallisesti.

-Joo on, hän istuu tuolla perällä, mies sanoi ja osoitti pitkän pöydän päässä istuvaa nuorta poikaa, joka oli keskittynyt omaan osaansa valvontakameroiden näyttöihin ja monitoreihin, jotka näyttivät erilaisia lukuja ja käyriä. Jotka eivät sanoneet minulle mitään. Astuimme Saken kanssa tuohon jännittävältä tuntuvan huoneen sisälle. Hän käveli suoraan vaaleahiuksisen pojan luo, jolla oli samanlainen vaatetus kuin oven aukaisseella miehellä, hän on varmaan Pave, ajattelin jännittyneenä. Säikähdin suunnattomasti ja sydämeni alkoi takoa vimmatusti, kun näin pojan lähempää. Tunnistin oitis pojan ja hän minut. Eikä, olin tosi nolona. Tunsin punastuvani kauttaaltaan, en oikeastaan häpeästä vaan suoranaisesti raivosta. Paven oikea nimi oli Pauli. No joo, me tunnettiin jo entuudestaan. Pauli vain oli yksi niistä pahimmista kiusaajista kouluaikoinani. Yritin hillitä kauhun- ja vihansekaista tunnetilaani, etten nolaisi itseäni tai sanoisi jotain typerää ja anteeksiantamatonta.

-Tässä on veljenpoikani Pauli, Sakke sanoi. Apua! Pauli oli tuon ukon veljenpoika. Eikä, ajattelin mielessäni.

-Moikka! Pauli sanoi, mutta ei liioin kätellyt, eikä ollut

kovinkaan iloinen jälleennäkemisen johdosta. Pikemminkin hän näytti melko alistuvalta ja kärsineennäköiseltä. Minä vain liikautin päätä pienin liikkein ylös tervehdyksen eleenä, kuin olisin ollut hyvilläni näkemästäni näystä. En sanonut mitään, eihän minun tarvinnutkaan sanoa mitään, oikeastaan halusin vain poistua tuosta tilanteesta turvallisimmille vesille. Sakke huomasi, että ilmassa oli pientä eripuraa.

-Tunnetteko te toisenne? Hän kysyi lopulta. Minä en sanonut sanaakaan, Pauli aukaisi suunsa ja sanoi olleensa joskus minun kanssani samalla luokalla. Muuta pojan tai oikeastaan jo miehen ei tarvinnut sanoakaan. Meidän kipinöivistä katseista Sakke hoksasi pian, mikä oli asianlaita.

-Mene sinä Susanna odottelemaan tuonne vähän taaemmaksi, niin vaihdan pari sanaa veljenpoikani kanssa, hän sanoi ja painotti sanaa pari. Minä käännyin ja hivuttauduin hieman sivummalle ja jäin odottelemaan Sakkea.

Tuokion kuluttua edelleenkin tuntematon mies tuli luokseni leveästi hymyillen, hän kuiskasi korvaani hellästi: - Kaikki on hyvin! Ja antoi poskelleni pienen suudelman. – Nyt meidän pitää kiirehtiä, rantaudumme pian Maarianhaminan satamaan, hän jatkoi ja lähti edeltäni kapuamaan noita samoja valkoiseksi maalattuja jyrkässä kulmassa kohoavia metallisia portaita pitkin ylös. Minä odottelin tuokion, jotta hän olisi tarpeeksi ylhäällä, että minulla olisi tilaa kiivetä noita samoja portaita turvallisesti, sillä minua huimasi korkeissa paikoissa. Varoin visusti katsomasta taakseni, pelkäsin menettäväni tasapainoni ja se, että jalkojeni alla oleva tila alkaisi pyörimään silmissäni. Muutenkin tämä suuri alus keinui riittävästi sekoittaakseen minun tasapainoani entisestään. Suunnaton helpotuksen tunne tuli, kun vihdoin ja viimein saavutimme D- kannelle. Avasimme raskaan metallioven yhdessä. Kummatkin huokaisivat ääneen suuren urheilusuorituksen jälkeen, mutta liikunnallinen suoritus ei päättynyt vielä tähän, kiiruhdimme askeleitamme, jotta kerkeisimme ulosmenoaulaan ajoissa. Tuntui kuin juuri nyt toisetkin matkustajat olivat liikenteessä ja tukkivat kulkureittimme. Minun vaaleat kuparinväriset hiukseni heiluivat valtoimenaan ja ylläni mustan goottilaistyylisen takkini liepeet lepattivat ilmavirran mukana. Onneksi pillifarkkujeni kanssa olin valinnut jalkojeni peitteeksi matalapohjaiset nahkasaapikkaani, joilla oli hyvä ottaa pieniä juoksuaskeleita. Ylläni oli musta ohut röyhelöinen tunika, jonka kaula-aukko oli melko avara, huomasin Saken katselevan tuota kaula-aukkoa kuin odottaen näkevänsä jotain muutakin.

-Katso eteesi, ettet päin juokse, sanoin hieman huvittuneena. Sakke nauroi huomautukselleni miehekkään äänekkäästi ja vastasi, olet hauska ja jatkoi hekotteluaan.

Viimeinkin pääsimme B- kannella sijaitsevaan

uloskäyntiaulaan, kummatkin huohottivat hieman hengästyneinä. Olimme vain tyytyväisiä, että luotsimme tiemme tiheän ihmismassan läpi ja pääsimme ajoissa perille, sillä tämä uiva kaupunki oli jo rantautumassa satamaan, jossa meidän oli määrä vaihtaa alusta. Kesti melko kauan ennen kuin alus oli laiturissa kiinni ja terminaalin kävelysillat saatiin kiinnitettyä oviaukkoon. Viimein edessämme oleva raskas valkoiseksi maalattu ovi aukesi ja suunnaton kilpajuoksu ja töniminen alkoi, kun ihmismassa ryntäsi ulos uivasta kaupungistaan, kukin omiin suuntiinsa. Minä ja Sakke vaihdoimme vain laivaan, joka purjehtii takaisin Turkuun.

* * * *

Lauantaipäivä kului nopeasti. Tutustuin tuohon kymmenisen vuotta vanhempaan mieheen paremmin. En olisi uskonut, että meillä olisi ollut näinkin suuri ikäero, koska mies näytti ulkomuodoltaan olevan hyvinkin nuorekas, tummanruskeine hiuksineen ja nuorekkaan tyylisineen pukeutumisineen. Jotenkin merellisen seikkailun aikana ehti herätä suurikin mielenkiinto vielä tuntematonta miestä kohtaan, joka vain ilmestyi oveni taakse punainen ruusu kädessään.

Nyt olin onnellisesti kotona. Menin lämpimään suihkuun, sillä olin aivan hikinen urheilutäyteisen päiväni jälkeen. Nautin lämpöisestä vedestä ja aprikoosin tuoksuisesta saippuan pehmeydestä

179

nuorekkaalla ihollani, pitkään. Sammutin viimeinkin suihkun ja tunsin, kuinka viileä ilma hiveli vielä kosteaa vartaloani. Kietouduin nopeasti vaaleanpunaiseen froteepyyhkeeseeni ja poistuin suihkutilastani keittiöön, josta otin jääkaapista laivalta ostamani valkoviinipullon ja kaadoin sitä hieman viinilasiini. Otin vielä keittiön pöydällä lojuvasta "Punaisten laivojen" muovikassista riisisuklaalevyn ja menin olohuoneen mustalle nahkasohvalleni istumaan. Laskin viinilasin ja riisisuklaalevyn käsistäni lasipöydälle ja otin pöydältä tv:n kaukosäätimen ja aloin katsomaan sieltä tulevaa elokuvaa. Olin suunnattoman onnellinen.

1998

14

"Kuuluuko rakkauden satuttaa?"

$\mathscr{U}$uodet kuluivat nopeasti. Olin asunut jo muutaman kuukauden Saken kanssa, tai jos totta puhutaan: ei se mies ollut mihinkään lähtenytkään sen jälkeen, kun hän ensimmäisen kerran astui vaatekassinsa kanssa kynnykseni yli, runsaat vuoden päivät sitten. Olin pistänyt merkille, että hänen humalaiset kaverinsa, olivat alkaneet myös majoittua minun kämpilleni. Olin tuosta uudesta ja oudosta tilanteesta hyvin hämilläni. Eniten minua ihmetytti se, etten osannut tehdä asian eteen mitään ja ennen kaikkea minua harmitti se, ettei hänen sukunimeäänkään löytynyt minun postiluukustani. Kuulemma ei kannattanut asua avoparina Kelan korvauksien takia. Kaikki kulut ja menot kirjattiin minun nimelleni, puhelinliittymästä lähtien. Aloin aavistaa, ettei tässä jutussa käy hyvin, mutta en uskaltanut laittaa suhdetta poikkikaan. Ehkä alitajunnassani pelkäsin niin paljon oman ja pienen poikani hyvinvoinnin puolesta. Kuitenkin oli pieniä hyviä ja ihania hetkiä, jolloin hän oli kokonaan minun ja osoitti olevansa luotettava elämänkumppani -vain pieniä hetkiä. Harmikseni huomasin, etten rakastanut häntä, mutta en voinut jättääkään, siitä hän piti huolen.

Sakke kävi töissä, niin kuin minäkin ja toi rahaa kotiin, mutta pikkuhiljaa hänen palkkansa kului kaljoihin ja tupakkaan, kuulemma elämä oli niin raskasta minun kanssani. Jättäisi minut sitten, jos se niin raskasta oli. Vähitellen alkoi kypsyä ajatus siitä, että Miron pitää muuttaa isällensä, halusin suojella poikaa kaikelta pahalta. Teimme tuon muuton kaikessa hiljaisuudessa, Sakke ei saanut tietää, mihin poika oli muuttanut, vain minä tiesin. Huomasin myös, että oma perheeni alkoi vähitellen vältellä minua, tunsin olevani täysin yksin. He yrittivät auttaa minua parhaansa mukaan, mutta minä sanoin itsepäisesti ja liian ylpeästi pärjääväni, joten varmaan juuri sen takia he luovuttivat.

* * * *

Oli perjantai -iltapäivä ja syyskuun viimeinen täysi viikonloppu, oli alkamassa. Kulunut työpäivä oli ollut ikäviä yllätyksiä täynnä. Erään kerrostalon rapussa oli oksennusta lattiasta kattoon asti, joten työpäiväni oli siitä syystä venynyt ylitöiksi. Kaiken kukkuraksi taivasta peitti harmaan pilvilautta ja satoi vettä kaatamalla, kun talutin polkupyörääni pitkin Majoitusmestarin katua. Käännyin rättiväsyneenä kotitielleni ja jotenkin tulin katsoneeni pihalle saavuttuani ylös huoneistoni makuuhuoneen ikkunaa, joka oli ajotielle päin. Hämmästyksekseni huomasin, että verhot tuosta ikkunasta oli revitty alas. En ajatellut asiaa sen kummemmin, mietin vain, että Sakke haluaisi jostain kumman syystä vaihtaa verhot kyseisestä ikkunasta. Kuitenkin sisimmässäni tunsin, kuinka kauhun tunne alkoi pikkuhiljaa vallata mieltäni. Ensimmäisenä olin hyvinkin helpottunut siitä tiedosta, että Miro oli isänsä turvallisessa huomassa. Toisena minulle heräsi tunne kuin jokin olisi varoittanut menemästä kotiin, se jokin oli varmaankin minun suojelusenkelini. Jotenkaan en halunnut kuunnella tuota varoittavaa ääntä. Laitoin pyöräni telineeseen ja olin juuri heittämässä olalleni sen vanhan ja rakkaan punakukallisen koulureppuni, kun huomasin Saken ryyppykaverin Jalmarin astuvan ulos kotirapustani. – Iltapäivää, melkoinen sade tänään, hän sai vaivoin sanotuksi pikkupäissään ja yritti esittää olevansa selvin päin. – Niin näkyy olevan, minäkin kastuin läpimäräksi, vastasin kohteliaasti. Olihan Jalmari Saken paras kaveri ja minun alakerran naapurini. Kuparinhohtoiset ja yleensä kauniilla laineilla olevat hiukseni sojottivat nyt tikkusuorina päätäni myöten ja valuivat solkenaan vettä, aivan kuin siinä kuuluisassa taulussa se Mona Lisa. Maalasiko Da Vinci jonkun naisen juuri rankkasateen jälkeen, ajattelin hetken huvittuneena omille ajatuksilleni. Vain hetkeksi olin jo unohtanut näyn, jonka näin vasta hetki sitten. Pikkuhiljaa tunsin, kuinka pelko hiipi mieleeni kuin varkain, lupaa kysymättä. Vaikka olin peloissani, avasin kotioveni avaimellani kuin ennenkin, tai oikeastaan tavalla, miten omaan kotiin palaava tulevasta kohtalostaan tietämätön henkilö toimi. Kodinhan pitäisi olla turvapaikka, mutta nyt tällä hetkellä en tuntenut niin, silti menin tuohon asuntoon, vaikka jokin varoitti tulevasta vaarasta.

Juuri kun astuin sisään ja olin sanomassa: Kulta, tulin kotiin, näin Saken tarpovan vihaisin askelin luokseni. Mitään sanomatta hän tarttui minua kiinni käsivarresta lujalla otteella ja alkoi raahata minua makuuhuoneeseen ja riuhtoi minut sängyn päälle.

-Ota lasit pois, hän karjui. En aluksi totellut, mutta kun hän korotti ääntään uhkaavasti, niin tottelin lopulta alistuneesti. Olin juuri laittanut lasit sängyn vieressä olevan yöpöydän päälle, kun sain ensimmäisen ja lujan iskun kasvoilleni. Olin aivan hämilläni tästä yllättävästä tilanteesta, mielessäni pyöri vain yksi sana: miksi? Miksi? Miksi? Uutta iskua ei tarvinnut odottaa kauan, tällä kertaa se isku osui poskiluun kohtaan, kun taas edellinen isku osui otsaan. En huutanut, en vastustellut, annoin vain tuon humalaisen miehen hakata minua. Ajattelin vain, että minun naamatauluni varmaan oli alkanut ärsyttää häntä. Seuraavaan eleeseen en ollut valmistautunut. Yhtäkkiä tunsin suuret miehen kädet kaulallani, tunsin, kuinka kädet alkoivat kuristaa minun suloista kaulaani ja pikkuhiljaa aloin tuntea suolaisen veren maun suussani. Olin shokissa, en panikoinut, en pistänyt vastaan. Vaikka silmämunani pyörähtivät jo silmäkuopissani, en silloinkaan pistänyt mitenkään vastaan. Rukoilin vain mielessäni jumalalta anteeksi antoa, sillä minä varmaankin olin ansainnut tällaisen kohtelun. Olin varmaankin niin ruma ja ärsyttävä ihminen, että olen ansainnut tämän kaiken. Jotenkin viimeisillä hengenvedoillani sain sanotuksi tuolle julmalle miehelle: - Voisitko jo lopettaa?

-Minä päätän, koska lopetan, hän sanoi. – Minä päätän, hän toisti ja kiristi otettaan kaulallani, - minä päätän.... Hän hoki tuota lausetta taukoamatta kuin lumottuna. Minä en voinut muuta kuin odottaa ja katsoa, miten minun käy, kuolenko tähän vai en. En tiedä, kauanko makasin sängylläni puolitajuttomana. Ajantajuni meni kokonaan, oliko nyt aamu vai ilta. Makasin vain sängyssäni ja odotin, odotin, mitä seuraavaksi tapahtuisi? Kuulin epämääräisiä ääniä huoneistostani. En pystynyt erottamaan oliko äänen lähteitä useampia vai vain yksi, tunsin kuitenkin hengittäväni ja olevani elossa. Näin yöpöydälläni sinisen kännykkäni, mutta käteni ei tavoittanut tuota puhelinta, vaikka se olisi ollut ihan käden ulottuvilla, en saanut soitettua 112: teen. Olin ihan yksin - shokissa ja peloissani.

Seuraavan aamun sarastaessa kuitenkin jouduin lähettämään työnantajalleni poissaoloilmoituksen,

185

jossa kerroin olevani vain estynyt tulemaan työkohteeseeni vähään aikaan. Mutta en vieläkään uskaltanut soittaa sitä yhtä ja tärkeintä puhelua, niin paljon olin vielä peloissani.

* * * *

En tarkalleen tiedä, kauanko makoilin tässä sängyssä. Tunsin suussani edelleenkin veren maun ja tunsin, kuinka joku oli käynyt hoitamassa ja pyyhkäisemässä haavojani ja ruhjeitani. En oikein jaksanut välittääkään moisesta asiasta, minulle yhtäkkiä kaikki oli yhdentekevää, mitä minulle nyt tapahtuisi.

Eräänä aurinkoisena syyspäivänä minä näin taas valon, olin täysin järjissäni ja hereillä. Aloin pakata Saken tavaroita sen enempää seurauksia ajattelematta. Lähdin ensimmäisen kerran viikkoon ulos huoneistostani kantaen isoa urheilulaukkua olallani. Vein sen aivan yksin Jalmarin huoneistoon. Soitin ovikelloa, kului tovin ennen kuin ovi aukaistiin, onneksi oven aukaisi Jalmari, laihan oloisena.

-Voisitteko antaa nämä Sakelle ja voisitko pyytää häntä palauttamaan huoneiston avaimen isännöitsijälle. Olen ilmoittanut hänelle, että huoneistossani oli asustellut tällainen mies ja, että nyt meille tuli ero. Enkä halua nähdä häntä enää koskaan, en koskaan. Vaivoin sain sanotuksi, kenties vieläkin syvässä shokkitilassa, yrittäen esittää itsenäistä ja rohkeaa naista, joka ei pienistä säikähtänyt. Tosin Jalmarin

186

ilmeestä näin, ettei minun näyttelijän taitoni ollut riittävän uskottava. Hän otti antamani avaimet ja olaltani painavan urheilukassin sanomatta sanaakaan, samalla katsoen säälivästi minua. Lähdin sanomatta sen enempää takaisin kotiini, itku kurkussa. En halunnut kenenkään näkevän minun heikkouttani. Jotenkin tuosta kaameasta hetkestä lähtien olin kovettanut sydämeni, en enää jaksanut välittää kenestäkään. Ainoastaan halusin oman pienen poikani takaisin kotiin. Halusin olla hänelle taas se rakastava äiti, joka olin ennen sitä hirviömäistä miestä. Päästyäni kotiin ja suljettuani kotioveni, juoksin makuuhuoneeseeni. Heittäydyin parivuoteelleni ja aloin vuolaasti itkeä. Itkin omaa tyhmyyttäni, hyväuskoisuuttani, rumuuttani, arvottomuuttani ja sitä kaikkea, minkä olin antanut tapahtua sokeasti. Ja kaikki vain rakkauden tähden. Vai olinko jo niin peloissani, että luulin tuota tunnetta rakkaudeksi. Minä itkin itseni uneen.

2006

15

$\mathscr{S}$ain vanhan työpaikkani takaisin samasta

siivousfirmasta pitkän työttömyysjakson jälkeen, kun jaksoin taas jotenkuten kantaa panokseni tähän yhteiskuntaan. Miro jäi isällensä, mutta sain nähdä poikaani useammin. Aloin pikkuhiljaa toipumaan kamalasta kokemuksestani, vaan en täysin enää ollut se sama Susanna, jona Marianne, pikkuveljeni ja vanhempani, minut olivat oppineet tuntemaan. Minun silmistäni oli kadonnut elämänilo ja luotto toisiin ihmisiin. Loin itselleni suojakuoren, en halunnut ystävystyä kenenkään kanssa enää kunnolla. Minusta oli tullut kaupunkierakko. Vältin suoria ihmiskontakteja, enkä luottanut enää virkamiehiin, en lääkäreihin enkä poliisiin.

En ymmärrä vieläkään, miksi en silloin soittanut poliisille ja tehnyt ilmoitusta. Varmaan siksi, koska olin täysin shokissa, yksin ja pelkäsin henkeni puolesta. En kertonut vanhemmillenikaan tuosta jupakasta, en pystynyt. Päätin selviytyä yksin, näyttää muille, että minä pystyn ja kykenen huolehtimaan itse itsestäni ja pärjään tässä elämässä, vaikkakin sieluni oli täysin rikki, sirpaleina kuin särkynyt lasienkeli.

* * * *

Se päivä oli ihanan helteinen lauantaipäivä ja aurinko porotti pumpulin pehmeän pilvirintaman lomasta. Olin kylässä tätini ja hänen miehensä luona Ylivieskassa. Ajattelimme käydä ensin Kärkkäisellä ostoksilla ja illalla oli tiedossa menot läheisellä tanssipaikalla. Miro oli jäänyt isänsä luokse, joten ajattelin, miksikä en voisi lähteä nauttimaan elämästä, olenhan täällä täysin turvassa eikä minua uhkaa täällä mikään.

Kärkkäisellä parturissa leikkautin hiukseni lyhyeksi polkkatukaksi, sieltä ostin myös mustaa hiusväriä ja valkoisen, ohuen, pitsisen tunikan, jonka alle sopisi jo Turusta tuomani pitkä toppi. Tuossa suuressa kauppakeskuksessa oli myös useita hyviä ruokapaikkoja, joten päätimme syödä päiväruoan siellä, ettei sitten illalla tarvitse mitään sen suurempaa ruokaa laittaa, saisimme vain keskittyä tulevaan tyttöjen tai oikeastaan naisteniltaan. En ollut nähnyt tätiäni pitkiin aikoihin, taisiko viime tapaamisestamme kulua jo kymmenen vuotta, kaikesta huolimatta minä päätin vain nauttia tästä illasta täysin rinnoin. Tätini kotiin ei ollut Kärkkäiseltä kovinkaan pitkä matka, ehkä vajaan kilometrin verran.

Tuosta matkasta nämä kaksi naista päättivät selvitä kävellen jo lähtiessään, tulisi aamulenkki ja iltalenkki tehtyä samaan aikaan. Olin muutenkin alkanut liikkumaan enemmän. Kotonani kävin kävelylenkeillä joka ilta, minkä töiltäni kerkesin, en syönyt mitään herkkuja viikolla ja rajoitin herkkupäivän lauantaiksi, niin kuin lapsena tein. Kovan työn tulos alkoi näkyä jo vartalossani, olin taas sen laihan nuoren tytön mitoissa, kuin olin ennen odotusaikaani. Aloin jälleen nauttia liikunnasta, pistin aina kovemman ja kovemman ajan, jonka sisällä minun piti suorittaa tavanomainen kolmen kilometrin lenkki.

* * * *

Ylivieska oli kaunis pieni kaupunki. Paikoin leveä Kalajoki halkaisi kaupungin kahtia. Sinne oli rakennettu uudempia kerrostaloja, vanhoja kerrostaloja ja omakoti- sekä rivitaloja omille asuntoalueilleen ja ihan keskustassa taloja oli sopivasti ripoteltu sekaisin sinne tänne. Keskustan alueelta löytyi muutama kaljakuppila ja tanssipaikkakin. Mainittakoon myös, että ruokakauppoja, kahviloita ja vaatekauppojakin tuon pienen sievän kaupungin sydämestä löytyi. Kaupungin sydän oli vaalea punakattoinen puukirkko, sen ympäröimä hautausmaa sekä hyvin hoidettu puisto. Ihan kaupungin keskustassa, Halpa hallia vastapäätä linja-autoaseman vieressä oli rautatieasema, johon kauko- ja lähijunaliikenne pysähtyivät melko useasti, eli hyvä junayhteys oli tätini kotikaupunkiin. Mietin vain mielessäni, miksi en ole täällä aikaisemmin käynyt, sillä aloin viihtyä täällä.

Tuokion ajan käveltyämme reipasta kävelyvauhtia, saavuimme tätini punatiiliseen omakotitaloon, jonka piha oli hyvin hoidettu. Etupiha oli aidattu oratuomipihlaja- aidalla ja sen pensasaidan sisäpuolella oli kolme valkoista pensashanhikkia talon edustalla, lähellä etuovea. Sekä hiekkaisen pihatien kummatkin puolet olivat nurmikolla. Sievä talo oli tyyliltään hyvin paljon kahdeksankymmentä luvun tyylinen punatiilinen yksitasoinen omakotitalo Tätini aukaisi ulko-oven avaimillaan. Sisälle saavuttuamme laskimme lattialle painavat Kärkkäisen muovikassimme, joita kumpikin kantoi molemmissa käsissään kaksin kappalein. Loikin noiden kassien yli päästääkseni ahtaan oloisesta eteiskäytävästä peremmälle taloon. Tädin talossa oli puhviverhot, nahkasohva, räsymattoja ja koko seinän leveydeltä kirjahyllyt, jotka pursuivat lattiasta kattoon erilaisia kirjoja: romaaneja, pienoisromaaneja, tietokirjoja ja elämänkertakirjoja, olin astunut kotikirjastoon, hymähdin mielessäni.

Menin suoraan vierashuoneeseen omat Kärkkäisen kassini käsissäni ja heitin painavat kassit valkoisen metallirunkoisen sängyn päälle. Otin yhdestä muovikassista ostamani mustan hiusvärin ja laitoin sen ikkunan edessä olevan valkoisen pöydän päälle. Pöydän edessä oli vaaleanpunaiseksi maalattu tuoli, jossa pehmeä pyyhe lepäsi sen selkänojalla odottaen käyttäjäänsä. Katsahdin huonetta, se oli tapetoitu kauttaaltaan tapetilla, jossa oli suurehkoja vaaleanpunaisia ruusukuvioita, ikkunaa peitti valkoinen rullaverho, jonka päällä oli vaaleanpunainen pitsiverho, sängyn päällä oli valkoinen pitsipäiväpeitto, jonka päällä vaaleanpunaisia sydäntyynyjä. Erittäin söpö prinsessahuone, hymähdin ajatuksissani. Olin menossa suihkuun, joten riisuin kaikki vaatteeni hyvin houkuttelevan sängyn päälle. Ihana tätini oli jo aamulla tuonut froteepyyhkeen tuolin selkänojan päälle. Otin pyyhkeen tuolin nojalta ja kietaisin sen hoikan ja vaalean vartaloni peitoksi. Onneksi muistin hiusvärin, jonka olin juuri laittanut pöydän päälle, otin sen pieneen kätöseeni ja sipsuttelin pienin askelin kipakasti suihkutilaan. Pesuhuoneeseen päästyäni suljin oven perässäni ja laitoin sen valkoisen hyvin pehmeää materiaalia omaavan pyyhkeen naulakkoon. Olin jälleen Eevan asussa. Jalkojani viilensi kylmä laattalattia, joten minua alkoi hieman paleltamaan. Pikaisesti astuin nurkassa seisovaan suihkukaappiin. Tuossa valkoisessa suihkukaapissa oli hierova suihkutoiminto seinäosassa ja suuri yläsuihku, josta vesi valui kuin seisoisi pehmeässä vesisateessa, oli suihkukaapissa käsisuihkukin, mutta halusin, nauttia ihanan pehmeän yläsuihkun tuomasta kokemuksesta. Tovin kuluttua suljin suihkun hanan ja astuin ulos. Viileä kaakelilattia tuntui nyt hyytävän kylmältä lämpimän suihkun jälkeen. Kietaisin pyyhkeen kostean vartaloni suojaksi ja aloin kuivatella hiuksiani pienemmällä pyyhkeellä, joka roikkui viereisessä naulakossa. Kun sain hiukseni pyyhekuivaksi, aloin tutustua hiusväripakkauksen ohjeisiin, aloitin muutosleikin. Minusta tulisi paljon vahvemman näköinen hiukseni mustaksi värjättynä. Tunsin, että olin ansainnut tämän muutosleikin.

* * * *

Värjäysleikin jälkeen katsoin peilikuvaani eteisessä olevasta peilistä, voi kuinka kaunis olinkaan tässä uudessa lookissani, musta polkkatukka sopi minulle todella hyvin. Katsoin vielä valitsemaani bileasuani; pillifarkut, pitkä toppi ja ohut goottityylinen pitsipusero olivat mielestäni napakymppi asuvalinta. Koska oli helteinen ilta tiedossa, valitsin jalkaani timantein koristellut korkeakorkoiset juhlasandaalit. Peiliin ilmestyi rinnalleni tädin kaunis kuvajainen. Tädillä oli iäkkäämmälle naiselle sopiva kukallinen Maxi – mekko ja siniset korkeakorkoiset sandaalit jaloissaan. Hän oli kauniisti kerännyt pitkät vaaleat hiuksensa kauniille löysähkölle nutturalle, joka peitti hänen pitkän hoikan niskansa.

-Olet todella kaunis tänään, sanoin tädilleni.

-Niin olet sinäkin tyttöseni. Tänä iltana unohdetaan kaikki maalliset murheet ja pistetään miesten päät sekaisin, eikös niin, hän sanoi silmät säkenöiden.

-Joo niin tehdään, vastasin. Tunsin jo perhosia vatsassani, mitä tämä ilta tuokaan tullessaan. Kaikkein parasta tässä oli se, ettei sen kamalan miehen vakoojat olleet lähimaillakaan, voin vihdoinkin hengittää vapaasti.

193

Päätimme tädin kanssa ottaa muutamat alkudrinkit ennen kuin lähdimme. Tädin mies liittyi seuraamme ja kaikki kolme kuuntelimme jazzmusiikkia, pelasimme korttia ja nautimme appelsiini kossu boolia. Keltainen juoma oli niin ihanan makeaa, liiankin makeaa, minun piti varoa, etten ala juopua liiaksi ennen kuin edes pääsisimme bilepaikkaankaan asti, pitihän minun päästä tuohon meno mestaan sisällekin. En tiennyt edes paikan nimeä, ei se minua haitannut ollenkaan, olin vain innoissani, kun viimeinkin pääsin kunnolla rentoutumaan ja voisin unohtaa kaikki ikävät asiat, joita minulle oli tapahtunut taannoin. Tänä iltana se tapahtuisi, antaisin jonkun upean miehen vietellä minut, antaisin vain palaa, enkä välittäisi enää mistään, alkaisin taas elää. Vaan tämä peli tuntui kestävän ikuisuuksiin asti. Minä vilkaisin kelloa hermostuneesti, katsoin tätiäni ja sanoin hieman ärtyneellä äänensävylläni: - Voitaisiinko me jo lähteä? Kello on jo puoli yksitoista, minua alkaa jo väsyttää.

-Joo, lähdetään vaan, Täti hymyili sanoessaan vastauksensa, häntä taisi huvittaa minun malttamattomuuteni.

-Minä soitan taksin, sanoi tädin mies, hän otti kännykkänsä miehekkäisiin käsiinsä ja alkoi näppäilemään paikallisen taksin numeroa. Kuulin kuinka toisessa päässä vastasi kipakka naisen ääni.

-Ylivieskan taksi.

-Saisinko taksin Mansikkakujalle, puhelimessa oleva

194

mies sanoi ja asiansa sanottua, toivotti vielä miehekkäällä äänellään "hyvää illan jatkoa" ja päätti puhelun. Kääntyi meidän puoleemme ja pienen hymyn kera sanoi:

-Kymmenisen minuutin kuluttua taksi on pihalla. Oletteko valmiina?

-Juu, valmiina ollaan rakkaani, täti tokaisi vastaukseksi.

Tätini ja minä siirryimme ulos odottelemaan paikallistaksia. Aurinko oli jo laskeutumassa ja loi taivaan rantaan mitä upeimman iltaruskon, sen upea valo värjäsi taivaan punaisen oranssiseksi. Katsoin toiseen suuntaan ja näin komean hopeisen täyden kuun kiipeävän taivaan kannelle, näytti siltä kuin kuu olisi ajanut auringon pois taivaalta ja aurinko olisi alistunut kohtaloonsa. Oli todella lämmin, kaunis ja seesteinen heinäkuinen ilta. Miksi minulla ei ollut kamera juuri nyt mukana, olisin voinut ikuistaa tämän upean hetken.

Hetken kuluttua taksi pysähtyi eteemme. Kuski nousi autosta ja kohteliaasti aukaisi meille takapenkin puoleisen oven, johon kummatkin naiset kömpivät hieman hoiperrellen, ensin minä ja sitten tätini perässä. Käsilaukkumme asettelimme syliimme, jotta ne ei turhaan häiritsisi lyhyen ajomatkan aikana.

-Olisimmehan me voineet kävelläkin, tokaisin pikaisesti tädille. Täti hymyili minulle vienosti samalla, kun hieman nyökkäsi myöntäväksi vastaukseksi.

-Niin, mutta on se kivaa, kun on näin mukava taksikyyti olemassa, jaksaa sitten koko illan juhlia, täti vastasi kuitenkin ääneen, kuin vahvistaakseen tuon pienen eleen, minkä hän jo ehti tekemään. -Tuo on totta, sanoin ja kumpikin kikatti tälle mitättömälle jutulle, kuin pikkutytöt. Katsoin kuskiamme perutuspeilin kautta. Näin kuinka ristiverinen, ruskeasilmäinen mies henkilö katsoi minua salaperäisesti suoraan silmiini. Hänen tummat, yönmustat silmänsä näyttivät hymyilevän juuri minulle. Kuumottavan vieno puna nousi kasvoilleni. Tunsin pitkästä aikaa olevani kaunis ja elossa. Taksi matka oli mielestäni liian lyhyt, jo viiden minuutin ajomatkan jälkeen auto pysähtyi rakennuksen eteen, jonka ulko-oven yläpuolella oli kyltti missä luki suurin vilkkuvin valoin Pata Ässä, hyvä nimi pubille, ajattelin. Tätini maksoi tämän kyydin ja samalla ilmoitti kuskille kellonajan, milloin voisi tulla hakemaan meidät sitten yön viimeisillä tunneilla. Kuski hymyili ystävällisesti meille samalla kun aukaisi auton oven ja toivotti hyvää iltaa.

Jäimme pubin ulko-oven eteen seisoskelemaan. Tätini otti käsilaukustaan pienen taskumatin, jossa oli sitä samaa ihanan makeaa appelsiini boolia. Hän siemaisi taskumatista pienen huikan ja tarjosi minullekin, otin minimaalisen kulauksen ja annoin pullon takaisin tädilleni. Hän sujautti sen nopeasti takaisin käsilaukkuunsa ja varmaan hän toivoi hartaasti, ettei portsari nähnyt tuota pientä mustaa taskumattia. Juuri kun lähestyimme Pata Ässän ulko-ovea, sen aukaisi rotevan oloinen kalju mies, joka oli portsareiden tapaan pukeutunut mustaan T-paitaan ja samanvärisiin pitkiin housuihin. T- paidan vasemmalla puolella oli pieni tasku, johon oli kiinnitetty järjestysmies- kyltti. Iso mies hymyili meille ja toivotti meidät tervetulleeksi.

Juuri kun olimme astuneet sisälle tuohon tyypillisen kaljakuppilaan, tunsin, kuinka joku kiskoi minua paitani hihasta. Käännyin katsomaan tuota hihasta kiskojaa hieman yllättyneenä. Edessäni seisoi mies, minua hieman pitempi. Hänellä oli lyhyeksi ajetut keskiruskeat hiukset. Yllään v- aukkoinen musta T-paita, vaaleanbeiget sivutaskuiset kangashousut jalassaan ja ruskeat miesten sandaalit, melko siisti ja komea näky.

-Tulethan tanssimaan minun kanssani? Hän kysyi.

-Ai nyt hetikö? Sanoin hieman hämmästyneenä.

-Jos vain haluat, hän vastasi.

-No, miksi ei... mennään tanssimaan nyt heti, sanoin viimein. Käännyin tätini puoleen ja pyysin häntä ostamaan minulle jotain makeaa juotavaa, no Sinisestä enkelistä minä haaveilin, mutta annoin tätini valita juotavat.

Alkuilta meni siinä tanssiessa tuntemattoman miehen kanssa, hän ei halunnut päästää minua silmistään. Tunsin oloni jo hieman epämukavaksi, joten sanoin viimein haluavani istuutua hetkeksi, vaikkapa tätini seuraan.

-Saanko tulla teidän pöytäänne? Mies kysyi.

- No tule sitten, vastasin hieman huokaillen.

Pöytämme luo saavuttuamme esittelin tätini: - Tässä on minun tätini Laura ja tässä on, niin emme ole vielä esitelleet toisillemme. Mikä sinun nimesi on? Sanoin huvittuneena.

- Jani, mies sanoi ja kätteli samalla tätiäni, sen jälkeen hän kääntyi kysyvästi minun puoleeni, joten vastasin tuohon kysyvään katseeseen: - Susanna.

- Hei Susanna. Oletko sinkku? Hän kysyi suoraan ja odottamatta.

- Juu olen, vastasin yhtä suoraan ja taisin epähuomiossa päästää pienen naurun pyrähdyksenkin.

-Et ole enää, Janiksi esittäytynyt mies sanoi ja nauroi omille jutuilleen, huomasin itsekin nauravan tuolle huvittavalle vitsille.

Jotenkin huomasin olevani hänen pauloissaan. Tämä tyypillisen räkälän pelkistetty hämärä tilakaan ei minua kiinnostanut, enkä ollut myöskään kiinnostunut kenestäkään muusta henkilöstä tuona iltana. Onko tämä sitä rakkautta ensisilmäyksellä vai jotain muuta? Oliko tämä pelkkää ihastusta? Sen tiesin kuitenkin, että tämän miehen kanssa minun ei tarvinnut pelätä mitään. Hänen vakaa ja huvittavan päättäväinen luonne kertoi sen minulle. Aloin vain pikkuhiljaa aprikoimaan, että jääkö tämä juttu tähän yhteen iltaan, ei, en halunnut sitä, joten loppuillasta ehdotin yhteystietojen vaihtoa. Siihen hän tietenkin suostui. Annoimme kumpikin omat puhelinnumeromme. Hän antoi jopa sähköpostiosoitteensakin, mutta pettymykseni minun piti sanoa hänelle, ettei minulla ollut vielä tietokonetta tai läppäriäkään, mutta kerroin myös, että onneksi minulla oli hyvä ystävä, jonka konetta voisin lainata aina silloin tällöin. Tuo tieto sai miehen hymyilemään.

Ilta eteni liiankin nopeaan, Laura hoputti minua, sillä taksikuskin kanssa sovittu aika läheni uhkaavasti. Hyvästelin uuden tuttavani haikein mielin. Huomasin sydämeni pomppaavan riemusta, kun hän ilmoitti soittavansa jo seuraavana päivänä. Hyvästelyjen jälkeen suuntasin tätini kanssa kohti ulko-ovea ja siitä ulkona jo odottavaan taksiin. Taksissa hyvä tuulemme jatkui ja yhdessä muistelimme hauskaa tapahtumaa. Kauhukseni hoksasin, etten ollut illanaikana tarpeeksi huomioinut tätiäni ja pyysin tuota epäkohteliasta käyttäytymistäni anteeksi.

-Ei haittaa, oli minulla tuttuja siellä, joiden kanssa kävin pari sanaa sillä aikaa, kun sinä keskityit uuteen ihastukseesi, täti sanoi ja nauroi päälle. Minäkin aloin nauramaan helpottuneena, koko taksi raikui, kun me nauroimme. Viimein pääsimme tädin kotipihalle. Täti maksoi jälleen kuskille matkasta ja astuimme ulos autosta, jonka merkkiä en kummallakaan kerralla laittanut merkille. Yöllinen taivas oli selkeä ja ilma trooppisen kostea. Sekä varpuskuoron kauniin soinnukas sirkutus säesti kotiinpaluutamme, kun kömmimme kumpikin punatiilisen talon etuovelle. Olimme silmin nähden onnellisia kuluneesta illasta, mutta rättiväsyneitä. Kummankin jalkoja särki tanssimisesta, joten olimme jo taksissa ottaneet sandaalimme jalasta ja sipsuttelimme kotiovelle paljain jaloin. Pienet kivet kipristelivät jalanpohjiani, se ei haitannut minua, sillä lievä kipu osoitti minulle vain sen, että olin jälleen elossa, minua vain nauratti. Kaksi kikattelevaa humalaista naista avasivat hiirenhiljaa ulko- oven, tai niin me ainakin yritimme, vaan ei tarpeeksi hiljaa sillä tätini mies heräsi tuohon metakkaan. Meidän kikattelumme jatkui siihen asti, kunnes sammuimme jokainen omiin huoneisiimme ja sänkyihimme. Tätini oman rakkaansa viereen heidän suureen parisänkyynsä.

16

Seuraavana aamuna -tai oikeastaan kello läheni jo kahta, heräsin kännykkäni soidessa tuttua Nokian tunnariaan, vastasin unisena: - Susanna. -Jani tässä, hei. En kai herättänyt, hänen äänessään oli pientä ivallisuuden vivahdetta.
-Et herättänyt, oikeastaan olin juuri heräämässä, vastasin lyhyesti.
-Mitä teet tänään? Kuulin hänen sanovan luurini kuulokkeesta.
Sydämeni alkoi takoa kiivaasti, tunsin, kuinka levottomuus nosti päätään. Olisin halunnut suoraan vastata, että haluaisin nähdä sinut, mutta sen sijaan vastasin:
-En tiedä vielä, ja jäin kuumeisesti odottamaan, miten toisessa päässä luuria reagoitaisiin tähän lyhyeen ja ytimekkääseen vastaukseen.
-Ajattelin, jos sinulla on aikaa, niin voitaisiinko tavata iltapäivällä, vaikka siinä viiden aikaan, passaisiko? Kuulin viimein ne sanat, joita oikeastaan ehdin jo kuumeisesti odottamaan. Katsoin tätiä, joka oli tullut seisomaan kuuloetäisyydelle minusta. Näin hänen sädehtivän pelkkää hymyä, pelkästään tätini ilmeen takia en voinut kieltäytyäkään treffikutsusta.

-No kyllä passaa, missä nähdään? Kysyin.

-Vaikkapa King burgerin edessä, hän ehdotti minulle.

-Ok. Nähdään sitten siellä viiden aikaan, sanoin ja lopetin puhelun. Kuulin kuinka tätini kiljahti ilosta: - Minun pikku kummityttöni menee treffeille, ihanaa! No, enpä tiedä kuinka ihanaa, en enää oikein muistanut, minkä näköinen mies oli, oliko hän tumma, ruskeasilmäinen vai vaalea ja vihreäsilmäinen, kenties, kuka tietää, en minä ainakaan muistanut. Taisin juoda eilen illalla aivan liikaa. Vatsaani kolotti, päätäni särki ja tavallisetkin äänet tuntuivat sietämättömiltä. Minulla taisi olla krapula. Katsoin kelloa ja tunsin, kuinka paniikki alkoi vallata mieleni. Kellohan oli jo vartin yli kaksi, minun tulisi kiire, jos aion mennä niille treffeille. Menin pikaisesti suihkuun, jossa peseydyin ennätysajassa, nyt ei ollut aikaa sen kummemmin nautiskella tuosta lämpimän pehmeästä suihkusta. Kietouduin nopeasti pehmeään froteepyyhkeeseeni ja vielä vettä valuen poistuin suihkutiloista ja puolijuoksua kipitin vierashuoneeseeni. Suljin huoneeni oven vauhdikkaasti ja aloin kuivatella sievää Venuksen kaltaista vartaloani. Voi kuinka kalpea olinkaan, vaikka kesä oli jo pitkällä. Onhan niitä aurinkoisia päivä ollut jo kuukauden verran, no kaipa se punapigmentti aiheuttaa sen, että minä mieluummin palan, kuin rusketun polttavan auringon paistaessa.

Kului tovin ja olin kauttaaltaan saanut itseni kuivaksi. Valitsin kouluajoilta jääneestä urheilulaukustani sini- valkoraidallisen pitkän kotelomekkoni. Olin jo jalkoihini laittanut valkoiset pitsiset thai -pikkuhousut, rintojeni tueksi olin valinnut valkoiset T- paitarintaliivit, joten vain sujautin sen pitkän kotelomekon laihan vartaloni peitoksi ja katsoin kuvajaistani huoneeni kaapin kokovartalo peilistä. Katsoin mustaa lyhyttä polkaksi leikattua tukkaani, joka sojotti vielä märkänä vettä valuen. Samalla katsoin puhelimeni kelloa ja huomasin paineeni vain kasvavan. Kello oli jo varttia vaille kolme, en kerkeä millään, ajattelin ja samalla aloin penkoa tuosta samaisesta urheilulaukusta beigenvärisiä matalapohjaisia sandaalejani, sekä ilmakiharrintani. Löysin melko pian etsimäni tavarat. Laitoin sandaalit ovelle jo lähtövalmiiksi odottamaan sieviä jalkojani. Sen jälkeen aloin keskittyä hiuksiini. Ensin harjasin ilmakihartimella hiukseni suoraksi alaspäin ja sen jälkeen aloin tuppo kerrallaan taivuttamaan latvoja sisään päin. Viimein kun sain kiharani ruotuun, katsoin jälleen kerran peiliin, hämmästyksekseni huomasin näyttäväni ihan Lumikilta. Oikeastaan olin kaunis ilmestys, vaikka itse ajattelin näin. En ollut tuntenut itseäni kohtaan pitkään aikaan mitään tällaista. Yleensä pidin itseäni melko huomaamattomana, mitään sanomattomana outona ilmestyksenä. Hiustenlaiton jälkeen laitoin kevyen arkimeikin, silmäni tosin korostin mustalla kajalilla ja ripseni paksulla ripsivärillä. Päätin maalata huuleni tummanpunaiseksi kuten Lumikillakin oli,

203

mutta poskipunaa en laittanut. Punasin vain kevyesti poskipääni aurinkopuuterilla, jonka jälkeen kaappasin lattialle heittämäni mustan olkalaukun olalleni. Laitoin sandaalit jalkaani ja riensin ulos vierashuoneesta ja kipittelin kohti keittiötä, missä tätini ja hänen miehensä olivat jo syömässä jotain pientä välipalaa, näytti olevan voileipiä, juuston, kurkun ja tomaatin kera. Otin leipälautaselta yhden voileivän ja aloin kiireesti hotkia sitä, kun täti toi minulle vielä kupillisen teetä. Söin ja join ennätysajassa ja vieläpä sotkematta itseäni, varsinkaan tomaatilla. Sitten se iski, se paniikki, josta olin jo kärsinyt siitä asti, kun Sakke oli mukiloinut minua. Se iski aina väärään aikaan ja nyt oli se väärä aika.

-En haluakaan lähteä, sanoin yllättäen.

Täti katsoi minua suu auki. – Mitä.... Totta kai sinä menet, hän sanoi.

-Ei kannata, ei se sinne tule kuitenkaan, sanoin ja yritin hillitä kohtaustani. Todellisuudessa pelkäsin, jos Sakke saisi jostain kuitenkin kuulla, että olen ollut treffeillä ja hakkaa minut. Ei, älä ajattele noin, olet täällä täysin turvassa. Kävin suurta tahdontaistelua mielessäni.

-Älä höpsi tyttö pieni, täti sanoi lohduttavalla äänellään.

-Tietenkin menet treffeille sen eilisen miehen kanssa, olisi epäreilua, jos ensin lupaa tulla ja sitten ei mene sovittuun paikkaan, hän jatkoi hieman toruvalla äänensävyllä tällä kertaa.

-Hyvä on, minä menen sitten, vastasin hieman väsyneenoloisesti ja vilkaisin kelloa, se oli jo vartin yli neljä. Siirsin katseeni tätiin anovasti ja kysyin: - Voisitko viedä minut keskustaan? Kello on kohta puoli viisi, minun pitää vielä käydä vessassa ja siistiytyä hieman.

-Mielelläni vien sinut keskustaan, mutta kiirehdi, meille tulee pian kiire.

-Kiitos, lupaan olla nopea.

* * * *

Onneksi sattui puolipoutainen päivä, ajattelin samalla kun puolijuoksua minä ja täti kiirehdimme hänen autolleen. Tädillä oli musta BMW, se kiilsi uutuuttaan. Sen sisustankin nahka tuoksui vielä uuden nahan pesuaineelta. Sen kojetaulu ja rattikin olivat tummaa pähkinäpuuta. Oloni oli kuin olisin istunut autojen kuninkaan kyydissä, eihän tämä mikään "Rolssi" ole, mutta varmaan tästä täti oli saanut pulittaa yhtä paljon euroja, kuin Rolls Roycesta. Istuuduin pelkääjänpuoleiselle paikalle ja tätini kuskinpaikalle. – Onneksi tämä on automaatti, en muunlaisella osaa ajaakaan, hän tokaisi huvittuneena. Täti käynnisti auton ja laittoi vaihdekepin R:n kohtaan, hän peruutti vauhdikkaasti, jonka seurauksena pihatien hiekka pöllysi. Pikainen jarrutus ja vaihde keppi D:n kohtaan, melkoinen rallikuski tätini oli, ajattelin huvittuneena. Viimeinkin pääsimme ajotielle, joka hetken myötäili joen vartta, kunnes tie sukelsi vilkkaan keskustan talojen sekaan. Ei mennyt kauankaan, kun viimein saavuimme sen sovitun King burgerin eteen, katseeni alkoi jo risteyksessä hapuilemaan ympärilleni. Etsin häntä ja yritin kuumeisesti muistella, miltä hän näytti. Viimein katseeni osui mieheen, jolla oli keskiruskea siististi leikattu tukka ja vihreänharmaat silmät. Yllään hänellä oli sininen farkkupusakka, jonka alta pilkotti valkoinen hihaton paita ja jalassaan mustat joustavat housut. Mies näytti tunnistavan minut, kun nousin autosta ulos. Vaikka täti olikin parkkeerannut auton hieman kauemmaksi, hän oli siltikin jo tunnistanut minut jo kaukaa. Hän käveli siistit kalossit jalassaan kohti minua. Sydämeni alkoi takomaan kiihkeästi ja tunsin, kuinka paniikki yritti vallata mieleni. Aloin pelkäämään, että mokaan kuitenkin tämän jotenkin. Mies lähestyi minua ja hymyili. Kohdalleni päästyään hän otti kätensä pois selkänsä takaa ja ojensi minulle mustavalkoisen pienen pehmokoiran. Olin myyty tuosta hetkestä lähtien. Se pehmokoira sai minun muurini murtumaan, olin sulaa vahaa tuon miehen edessä. Tajusin, että tämä päivä jää minun mieleeni ikuisesti. Kauhukseni huomasin kuitenkin, etten muistanut hänen nimeäänkään, mutta se ei haitannut, kysyisin sen uudestaan myöhemmin ja esittelisin samalla itsenikin uudestaan, sillä eilinen juhlinta oli vienyt minun muistini ja halusin oikeasti tutustua tuohon turvallisen tuntuiseen mieheen. Halusin aloittaa elämäni alusta, puhtaalta pöydältä, sillä olin

onneni kukkuloilla ja halusin myös pysyä siellä.
Viimeinkin voisin unohtaa jo menneisyydessäni
kokemat vääryydet ja julmuudet. Halusin päästää taas
rakkauden sydämeeni ja alkaisin taas elää.

"Sinä ihana, sinua rakastan.
Rakastan maailman loppuun asti."

17

Nykyaika

*I*stun työhuoneeni työpöytäni ääressä selaillen kannettavasta tietokoneestani sosiaalisen median sivujen päivityksiä. Jotkut siellä arvostelevat politiikkojamme, jotkut voivottelevat surkeaa elämäänsä, jotkut kirjoittelevat runoja ja jotkut lähettävät ruokapäivityksiään. Minullakin on tapana sinne laittaa jotain pientä, esimerkiksi niitä samoja runo- ja ruokapäivityksiä mitä muillakin on tapana sinne lähetellä. Välillä katson ulos työhuoneeni ikkunasta ja näen, kuinka luonto alkaa pikkuhiljaa valmistautua tulevaan talveen. Vielä se vihertää, mutta yöllisen valon puutteen takia alkavat puut jo kellastua. Näen tuosta samaisesta ikkunasta, kuinka naapuripellolle kurjet ja joutsenet alkavat jälleen kokoontua. Ne kerääntyvät parviksi ja tekevät päivän mittaan harjoituslentoja ja palaavat sitten takaisin tuolle samaiselle pellolle. Sama keväinen konsertti jatkuu pitkälle myöhäiseen syksyyn asti.

Anterolla on koulu jo alkanut. Aamuisin

208

keltamustavalkoinen taksi hakee hänet ja kuskaa koululle, joka sijaitsee pienen kylämme keskustassa. Miten tuosta pienestä pojasta onkin kasvanut noin iso kakkosluokkalainen. Olen onnellinen myös siitä, että esikoiseni Miro on tullut katsomaan minua, hän on saanut viimeinkin pitkän kesäloman vakituisesta työ paikastaan paperitehtaalta. Miro asuu nykyisin Oulussa, omassa pienessä vuokra-asunnossaan. Vaikka asunkin samoilla seuduilla nykyisen mieheni Janin kanssa, emme paljonkaan ehdi olemaan yhteyksissä toistemme kanssa. Miro on jo aikuinen mies ja hänellä on oma elämänsä elettävänä, johon minä, Jani ja Antero kuulumme aina silloin tällöin. Miron saavuttua katselin häntä haikein mieli, hän näytti aivan isältänsä Jasperilta. Mieheltä, jonka olin jättänyt jo kauan sitten. Mieheltä, josta piti tulla aviomieheni, mutta päätin toisin. Kuinka nuoria me silloin olimmekaan, hymähdin ajatuksilleni. Mutta nyt olen toisen poikani Anteron isän kanssa naimisissa ja asumme täällä jossain suomineidon vyötärön kohdalla, pienessä kylässä, jossa on kaksi järveä ja joka rajoittuu Iijoen uomaan. Tämä paikka on kuvankaunista seutua, mutta jotenkin oloni on ollut viime aikoina melko haikea. Kaipaan syntymäkaupunkiani, kaipaan todella paljon, vaan ne ikävät muistot piinaavat minua vieläkin. Onneksi olen täällä jumalanselän takana turvassa kaikelta pahalta. Vaikkakin olen useasti yksin tässä talossa, liian useasti, olen kuitenkin onnellinen, että aviomieheni oppi

209

aikoinaan rakastamaan minua ja halusi ottaa loppujen lopuksi minut hänen vaimokseen ja minä jopa suostuin. Tunsin pääseväni turvaan jo silloin, kun ihana mieheni haki minut aikoinaan kotiinsa Iihin asumaan lopullisesti ja olin onneni huipulla, kun saimme yhteisen poikamme Anteron, samana vuonna menimme naimisiin. Nyt tuosta ihanasta hetkestä on muistona hopeakehyksin kehystetty valokuva minusta ja Janista, meidän lasisessa vitriinikaapissamme.

Jotenkin aina silloin tällöin, kun olen yksikseni tässä hulppeassa omakotitalossa, vaivun elettyyn elämääni ja mietin, olisinko voinut tehdä jonkin asian toisin. Asuisinko vielä Turussa, jos en olisi lähtenyt Saken matkaan? Olisinko elänyt kaikki nämä vuodet, mitkä olin asunut täällä Pohjois- Pohjanmaalla, voinut elää Miron kanssa kahdestaan siellä Runosmäen kerrostalokaksiossa, olisinko ja olisinko? Miksi enää vaivata jossittelulla pientä päätäni. Vaan minkä siinä tekee, kun ne ajatukset vaan pulppuavat mieleeni aina silloin tällöin.

Katsahdin työhuoneeni ikkunan oikean puoleisella seinällä olevaa kelloa. Se näyttää lähestyvän puolta kolmea, joten minun tulisi pian kiire. Minun piti ehtiä ajoissa hakemaan Anteroa iltapäiväkerhosta, joten kiirehdin talomme eteiseen, josta kaappasin puisen lipaston tasolta kukkaroni, kotiavaimeni ja auton avaimet. Minulla oli muutenkin asiaa " kaupungille", joten ilmoitin koulutaksille, ettei poikaa tarvinnut tuoda koulun jälkeen kotiin.

Onneksi meillä on kaksi autoa, toinen on Mazda ja toinen on hieman vanhempi Opel, jolla minä saan usein ajella. Onneksi se on automaattivaihteinen. Aukaisin parivuotta vanhan tumman vihreän talomme vaalean ulko-oven. Astuin siitä ulos ja suljettuani oven jäin seisomaan ruskealle etuterassillemme, halusin hetken nauttia tuosta elokuisen lämpimästä iltapäivän tuulahduksesta. Kuulin kuinka Koirat haukkuivat aitauksessaan. Ne hyppivät metallista aitaa vasten, niin kovasti ne olisivat halunneet tulla mukaani. Olisinkin voinut ottaa ne mukaani, jos en olisi jo eilen luvannut ystävälleni Tiinalle käväistä kahvikupposella hänen luonaan ja samalla lapsemme saisivat leikkiä keskenään, sekä minä pääsisin pois tästä yksinäisyyden tunteesta hetkeksi, vain hetkeksi. Tutustuin häneen lastemme ollessa vielä tarhassa. Onhan meillä ollut erimielisyyksiäkin, mutta hänen elämänjanoinen luonteensa tekee minun mielelleni hyvää ja se piristää, kiitos Tiina.

Aukaistuani Opelimme kuskin puoleisen oven istahdin ratin taakse. Punainen farmariauto hyrähti käyntiin kuin v8, pistin vaihdekepin driven kohtaan, painoin jarrupolkimen oikealla puolella sijaitsevaa kaasupoljinta ja auto lähti liikkeelle. Radiosta kuuluu yhdeksänkymmentäluvun suomirokkia. Väänsin volume-napista äänen hieman kovemmalle, tunsin itseni taas nuoreksi ja vapaaksi. Pihatiemme risteyksessä mieleni on levoton. Jarrutin risteyksen kohtaa ja seisoin siinä pysähtyneenä tovin. Katsoin olkeaan suuntaan sydän villinä pamppaillen. Tiesin, että jos nyt käännyn oikeaan, sieltä löytäisin sen kaipaamaani elämän, vapauden ja kaupungin ihanan hälinän. Mutta kuitenkin käännyin vasempaan, jossa pieni kaupunki häämöttää ja koulu, jonka iltapäiväkerhon pihalla Antero odottaisi. Minun elämäni on nyt tällaista ja olen hyvin onnellinen. Kuitenkin, sydämeni joskus haluaa jotain muuta, seikkailua. Taidan olla ikuinen villikko.

" Kun elämä kolhii, raastaa ja potkii.
Kun mistään ei tunnu tulevan mitään

ja mieleni on sysimusta.

Silloin otat minut syleilyysi,
suojaat vahvoilla käsilläsi

ja halaat minut jälleen
ehjäksi ja vahvaksi."